別に急ぐ旅ではないのだが――
ほんっっっっっっっとーにいろいろありすぎたんで、
とりあえず一度帰ろうと、ガウリイとともに、
ゼフィーリア・シティに戻る途中なのである。
スレイヤーズ16
アテッサの邂逅

――黄昏よりも昏きもの
血の流れより紅きもの
時の流れに埋もれし
偉大な汝の名において――
唱えるは無差別広範囲呪文！

――我ここに闇に誓わん
我等が前に立ち塞がりし
すべての愚かなるものに
我と汝が力もて
等しく滅びを与えんことを！
『竜破斬《ドラグ・スレイブ》っ！』

逃げ切れば勝ち、という話にはならない。
つまるところ。
倒すしかないのだ。
「みんな！　聞いて！」
あたしは、これからの、
手順を話しはじめた――

スレイヤーズ16
アテッサの邂逅

神坂 一

ファンタジア文庫

2773

口絵・本文イラスト　あらいずみるい

目次

一、鍛冶《かじ》の街　ひろがる森に賊《ぞく》の影《かげ》

ちょっぴり派手な音が五度。

それで騒《さわ》ぎはひとまず落ち着く。

あたしはふたたびイスにかけ、まだあたたかい香茶《こうちゃ》をひと口。

「……く……うっ……」

あたしの正面——床《ゆか》の上。一番最初にどつき倒《たお》したごろつきその一は、あおむけにひっくり返ってぴくぴくケーレンしながらも、顔だけ上げて視線をこちらに向けると、

「……何……しやがるっ……てめえっ……」

「何……って……」

ごくごく当たり前のことを聞かれ、あたしはまばたき一つしてから、

「正当防衛？」

「どこが……だっ……こっちは何もしてねえだろっ……」

……はぁ……

「……あのねぇ……」

自覚皆無《かいむ》のそのセリフに、あたしはため息つきながら、

「ごはん食べてるだけの旅人に、見たこと無い顔だ、って理由で男五人で取り囲んで言いがかりつけて、そこを指摘《してき》したか弱い美少女につかみかかろうとするのは『何もしてねぇ』うちには入んないのよ」

——立ち寄ったメシ屋でごろつきたちにからまれて、いろいろあってはり倒す。ぶっちゃけあたしたちにとっては旅の風物詩《ふうぶつし》と言っても過言ではない。

もちろんそれが楽しいはずもなく。

不幸中の幸いなのは、騒ぎが料理の来る前で、食べ物が埃《ほこり》をかぶるのをまぬがれたことくらいだろうか。

「……『か弱い美少女』っていうのは……あ。いや。なんでもない」

立ったまま、横から変な茶々を入れかけたあたしの連れにちらりと一瞬《いっしゅん》視線をやれば、こちらの意図を理解して、ちゃんと口をつぐんでくれる。

他人《ひと》ごとのよーなツッコミを入れようとしたみたいだけれど、あたしが最初の一人をへち倒したあと、いきり立った残り四人のごろつきを瞬時に地面に這《は》わせたのは、他でもな

い、彼なのである。

長い金髪《きんぱつ》に整った顔立ち、どこかのほほんとした空気。

そのせいか、目立つ長剣《ロングソード》や軽装鎧《ライトメイル》を、ただのハッタリ、こけおどしと思い込む者もいるようだが、こう見えて彼――あたしの旅の連れ、ガウリイ＝ガブリエフ、かなりシャレにならないレベルのスゴ腕剣士《うでけんし》だったりする。

目の前のごろつきたちも、剣を抜《ぬ》くこともなくあっという間に倒されれば、さすがに彼の腕前くらいは理解できただろうけれど。

「ともかく」

あたしは抗議《こうぎ》してきたごろつきその一に視線を戻《もど》し、

「ケンカを買われて文句言うなら、最初からケンカなんて売らなきゃいーのよ」

忠告に、しかし男はなおも食い下がる。

「……ケンカを売ったわけでもからんだわけでもねえっ……こっちは自警団の仕事をしてるだけだっ……！」

「ふーん。このへんじゃあケンカ腰《ごし》でトラブルの種をまきちらす奴《やつ》を『ジケイダン』って呼んでるわけ」

「――実は本当に自警団だったりするんですけどね。彼ら」

思いもかけない方から聞こえたその声に、あたしは視線を巡《めぐ》らせる。

――街の大通りに面した、わりと大きめの宿、名前は銀の木の葉亭《シルバーリーフ・イン》。その一階にあるメシ屋。

夜になれば酔客《すいきゃく》でごった返すのかもしれないが、開かれた窓から午後の明るい陽《ひ》ざしが射すこの時間、店内にいるのはあたしたち二人と自称《じしょう》自警団の五人、離《はな》れた席に客がちらほら。

あとはカウンター奥に、ヒゲをたくわえた四十がらみのおっちゃんが一人、温和なまなざしをこちらに向けているくらい。

声はその、メシ屋のおっちゃんの方から。

「そーなの？」

問えばおっちゃんはこくりとうなずき、

「そーなんです」

「ほらみろ！」

ひっくり返ったまま得意げに声を上げるごろつ……もとい。なんちゃって自警団員に、

店のおっちゃんは目もやらず、

「もっとも、ランダくんの言動がごろつきくさくて、この騒ぎの種を蒔《ま》いたことは事実で

すけど」

「……うっ……」

言われてバツが悪そうにうめく男。

――なるほど。世の中には時々いるのだ。与《あた》えられた肩書《かたが》きを、ワガママやえらそーな態度が許される免罪符《めんざいふ》か何かだとカン違《ちが》いする奴っ！

ランダとかいうこいつもそんな一人なのだろう。

なにしろ、いきなり男五人でこちらのテーブルを取り巻いて、第一声が『見ねぇ顔だな』である。言動は典型的なごろつき以外の何ものでもない。

店のおっちゃんは、へこむランダは気にもせず、

「それよりもお二方、ともにかなりの使い手とお見受けしますが……そちらのお嬢《じょう》さんは魔道士《まどうし》どのでしょうか」

「――ええ、まあ――」

ややこしいことになりそうな予感をおぼえつつ、あいまいに応《こた》えれば――

「いかがでしょう、よろしければしばらくの間、傭兵《ようへい》として、この街を野盗《やとう》たちから守るのに、お力添《ちからぞ》えいただけないでしょうか」

ほら来た。

ガウリイは見るからに剣士スタイル。一方あたしは、一応ショート・ソードも身につけてはいるものの、長いマントに黒バンダナ、あちらこちらに宝石の護符《ジュエルズ・アミュレット》とゆー、いかにもな魔道士スタイル。

でもって五人をへち倒した腕前から、剣士と魔道士の傭兵コンビと思われるのは当然だろう。

もちろん旅ゆく道すがら、いろんなしごとを引き受けることもあるのだが、今は路銀《ろぎん》にも困ってないし、正直な話をすれば、めんどうくさいことは――

「ちょっと待ってくれマクライルさん！」

あたしやガウリイが何か答えるより先に、声をはり上げたのはランダだった。

「こんな連中の力を借りる必要ねえって！　俺たちが――」

「ランダくん？」

マクライルのおっちゃんの声はあくまでも静か。

それでもランダの声はぴたりと止まる。

「ちょっと黙《だま》ろう？」

「すすすすみません……」

謝罪の声は細くなって立ち消えた。

……このごろつきなんちゃって自警団員がここまでおびえるって……？　マクライルさんって一体……？

「実は最近、この街を狙《ねら》う野盗が出没《しゅつぼつ》しておりまして」

こっちが何か言う間もなく、マクライルさんは語りはじめる。

──そーいえば──

ふと思い出す。

あたしとガウリイ、二人がこの街に向かう道中、どこかから、こちらを見つめる誰《だれ》かの視線をずっと感じていたのだ。

とりあえず敵意は無かったっぽいので、気づかぬふりで通したが──

ひょっとするとあれが、マクライルさんの言ってる野盗たちのものだったんだろーか？

けどあの気配とゆーか雰囲気《ふんいき》は、あんまし野盗っぽくなかった気がするのだが……

「よその町に運ぶ積み荷が奪《うば》われたり、工房《こうぼう》や採掘《さいくつ》所の施設《しせつ》が壊《こわ》されたり、そんな嫌がらせが続いていまして……

自警団が対処に当たってはいるのですが、どうにもうまくいかず……」

「兵隊に頼《たの》まないのか？」

「……基本的に兵隊が置けないのよ。この街。立ち寄るくらいならいーけど」

もうこれ以上ごたごたは無いと判断してか、あたしの隣《となり》のイスに腰を下ろしつつ、問うガウリイには、あたしが答えた。

「兵隊が置けない？　なんでだ？」

「——いろいろあるのよ」

「いろいろ、って？」

「……あー……」

聞くな、とは言わないが、説明してもちゃんと理解するんだろーか……こいつは……

「——このアテッサの街って、来た時に見た通り、大きな森の中にあるの。セルセラス大森林、っていって、ゼフィーリア王国と聖王国セイルーンの両方にまたがってるんだけど、あっちこっちに断層なんかもあって、けっこー質のいい金属なんかもとれるのよ。

鉱石と森林資源がそろってるおかげで鍛冶の街として発展してきたわけだけど……

——って！　話の出だしで早速《さっそく》うとうとするなぁぁぁぁっ！」

すこぉぉぉんっ！　と頭にチョップ一発。

「んあっ？」

ガウリイは、びくんっ！　と顔を上げ、あたりをきょろきょろ見回した。

「聞いてなかったでしょっ⁉　わざわざ説明させてっ！」

「あ。いや。聞いてた聞いてた。ちゃんと最後まで聞いたぞ。この街にもいろいろある、ってことだろ？」

「うそつけぇぇぇっ！　話、最後までたどり着いてないしっ！　結局『いろいろある』で納得するなら聞くなぁぁぁっ！」

あーもーやっぱし説明するだけムダだったっ！

叫《さけ》ぶだけ叫んでぐったりと肩を落とすあたしのかわりに——

「この街では武器や鎧《よろい》をたくさん作ってますからねぇ」

マクライルさんが言う。

「どこかの国がここに兵隊さんを大勢置いたら、他の国が『あの国は武器を独《ひと》り占《じ》めして戦争をする気じゃないか』なんて疑うかもしれませんから。

そうならないよう、国の兵隊は置かず、自警団でなんとかしよう、という話になってるんですよ」

「おー。なるほど」

ガウリイは納得顔で大きくうなずくと、あたしに目をやり、

「こんなふうに説明してくれればわかりやすいのに」

「その説明に行く前にっ！　あんったがうとうとしはじめたんでしょーがっ！」

「それで――なんですが――」

あたしとガウリイのやりとりに、マクライルさんはするりとことばをさし込んで来る。

「野盗、とは言いましたが、どうも普通《ふつう》の野盗とは毛色が違うようでして。こちらの自警団になかなかシッポを掴《つか》ませないところもそうですが、やっていることが、金目当てというより嫌《いや》がらせに近いというか……

そういった意味では、賊《ぞく》、とでも呼んだ方がいいのかもしれませんが。

ですから、別の観点から考えることも必要かと、あなたがたにお声をかけさせてもらったんです」

「……なるほどー……」

あたしはあいまいなあいづちをうつ。

正直なところ。

路銀には困っていなかったし、めんどうくさい依頼《いらい》を引き受けるのはヤだった。

何日間護衛、とか、ここに相手のアジトがあるから潰《つぶ》してほしい、とかいうのであれば話は早い。

しかし今聞いた話のよーに、素性《すじょう》がはっきりしない連中を『どうにか』してほしい、というのは、場合によっては長引く可能性がある。

仮に依頼を引き受けたとして。

その瞬間《しゅんかん》に賊が正面から大挙して押し寄せてきてくれたなら、攻撃呪文《こうげきじゅもん》の派手なの一発でふっ飛ばして、はい終わり、となる。

だが一方。

引き受けたはいいが、その頃《ころ》当の賊たちはこの街をあきらめて、とっととどこかに移動しました――などとゆーことになったなら、長期にわたって盛大な待ちぼうけを食らうハメになる。

ま、こちらも別に急ぐ旅ではないのだが――

見聞《けんぶん》をひろめるよう、郷里《くに》の姉《ねえ》ちゃんに言われたあたしは、ふらりとあてのない旅に出て――

ほんっっっっっっっっっっとーにいろいろありすぎたんで、とりあえず一度帰ろうと、途《と》中《ちゅう》で出会った旅の連れ、ガウリイとともに、あたしの故郷――ゼフィーリア王国の首都、ゼフィーリア・シティに戻《もど》る途中なのである。

そんなわけで、何かの用事で数日足止めされること自体はかまわないのだが……来ない賊を待って長々日を過ごす、というのはさすがにイヤすぎる。

このアテッサの街もゼフィーリア国内。同じ国のよしみもあるし、知らないと突《つ》っぱねるのも気が引ける。とはいえ、あたしやガウリイがしゃしゃり出なくても、自警団がちゃんと動けば解決するんじゃないか、という気もするし——

「——それはっ……！　わたしでは役に立たないということですかっ……？」

凛《りん》と響《ひび》いたその声には、はっきりとわかる怒気《どき》が含《ふく》まれていた。

ゆっくりと立ち上がったのは、離《はな》れた席にいた客その一——に見えた一人の女。

動きやすそうなブラウンカラーの服にズボン。深々とかぶった大きめのマリンキャップは灰色《グレイ》と、一見地味な姿だが、それを身につけている彼女自身は、絹糸のような肩までの金髪《きんぱつ》と、男でなくても思わず二度見するような美貌《びぼう》。

見た目は二十歳《はたち》に届いているかどうか、といったところだろう。ただし——もし彼女が人間だったなら、の話だが。

帽子《ぼうし》の下からのぞくとがった大きな耳が、彼女の素性を物語っていた。

エルフ——

人よりはるかに強い魔力と長い寿命《じゅみょう》を持つ、自然とともに暮らす者たち。あたしもこれまでに、何度かエルフと関わったことはあるし、いっしょに肩を並べて共通の敵と戦ったこともある。

基本的には人間と関わることは多くない……はずなのだが、彼女のことばからすると、傭兵《ようへい》としてこの街に雇《やと》われているように聞こえる。

「いやいや、もちろんそういうわけじゃあないよ。森のことならアライナさんに任せるのが一番」

マクライルさんの言葉に、アライナ、と呼ばれた女エルフは怒《いか》りに顔を赤く染め、

「なら別にっ……！　このひとたちを雇う意味なんてありませんよねっ！」

「意味はあるよ。自警団とは別に、違《ちが》った視点で手を貸してくれる人たちがいると、こっちも選択《せんたく》の幅《はば》が広がるからね。

森にくわしいアライナさん、そして、いろいろと場慣れしていそうなお二方」

「場慣れっ？　この二人がっ？」

彼女はこちらに目もくれず、吐《は》き捨てるように、

「格好だけの剣士と魔《ま》道士《どうし》ごっこをしている子供にしか見えませんけどっ！」

こどもっ……

「――ちょっと！」

さすがにそれは聞き捨てならず、あたしは声をはり上げた。

「格好だけ？　子供？

おっちゃんに文句を言うのもガウリイの悪口もかまわないっ！　けどっ！　あたしへの悪口は絶対許さないっ！」

「――お前またそーゆー人としてダメなことを堂々と……」

ガウリイが横であきれたつぶやきを漏《も》らすが、それは無視。

あたしのことばにアライナは、あいもかわらずこちらを見もせず、しかしみるみる顔色を変え、いきなりすたすた歩き出す。

トラブルを予感し腰《こし》を浮《う》かすあたし。しかし彼女はこちらではなく、カウンター奥にいるマクライルさんの方に歩み寄り、なにやらぼそぼそ小声でささやく。

彼はしばらくそれを聞いてから、あたしたちの方を向き、

「『すみません、そんなつもりじゃあなかったんです』だって」

「――は？」

意味がわからず眉《まゆ》をひそめるあたしに、マクライルさんは苦笑して、

「いや。アライナさんって、極度に人見知りだけど内弁慶《うちべんけい》なんです」

「めんどくさっ⁉」

たしかにいるけどっ！　そーゆータイプの人っ！

「……ひょっとしてアレ？　人見知りなんで、初対面のあたしたちと組むと、打ち合わせ

なんかがうまくできるかどうかわかんないからいやがってる……とか？」

あたしの指摘《してき》にアライナは、マクライルさんに向かって、首を縦に振《ふ》ったり横に振ったりしながら何やらいろいろ言っていたが、やがてマクライルさんが、あたしたちに目をやると一言、

「すっごい必死で否定しています」

「図星かっ⁉」

……街を守るのがごろつき自警団と内弁慶エルフって……だめなんじゃないだろーか……この街……

さすがにちょっと心配になってきたところで、マクライルさんが言う。

「──まあ旅の方をいつまでもお引き留めするのも野暮《やぼ》ですからね。こういうのはどうでしょう？

まずは十日の短期契約《けいやく》。その間、早いうちに大きな成果を上げるなど、解決に役立っていただけたならボーナスをはずむ。十日たってまだめどがつかないようなら、あらためてその時に話し合い──ということで──」

そんな彼に、アライナが何やらぼそぼそ必死で抗議《こうぎ》しているが、マクライルさんは眉一つ動かさない。

――ふむ――

向こうにとっては、何も起こらなければ依頼料を安く上げられる条件だが、こちらにとっても長く拘束《こうそく》されにくい、というメリットがある。

ならば――

あたしはガウリイに向かって一つ小さくうなずいてから、マクライルさんがいる方に向かって歩み寄り、

「――おっけ。そういうことなら、とりあえずおたがいお試しってことで十日間」

と、カウンターごしに手をさし出す。

おっちゃんは手を伸《の》ばしてあたしと握手《あくしゅ》すると、

「ありがとうございます。

そうそう、申し遅《おく》れました。

私はジーン＝マクライル。この宿、『銀の木の葉《シルバーリーフ》』の主人で、街の自警団のとりまとめもさせてもらっています」

なるほど。それでランダは頭が上がらなかったわけか。

「オレはガウリイだ」

そっけのないガウリイの自己紹介《しょうかい》に続いて――

「あたしはリナ。リナ＝インバース。ごらんの通り魔道士よ」

名乗るとあたしは早速《さっそく》、くわしい依頼料の交渉《こうしょう》に入るのだった――


街のまわりはただ緑。

吹《ふ》き渡《わた》る風が運び来る鳥のさえずり、生命《いのち》の気配。

だがしかし、ひとたび視線を転じれば、ぐるりと街全体を取り囲む、人の背よりも高い石の塀《へい》。

今は落ち着いてはいるものの、昔はこの街を巡《めぐ》ってゼフィーリアとセイルーンがごたごたしたこともあったらしく、がんじょうな塀はそのなごりだとか。

もちろん、森に棲《す》むクマやらイノシシやら、時々うろついているゴブリンたちを寄せ付けない役にも立っている。このへんは、ついさっきマクライルさんから聞いた話だが。

道もない森の中を歩くあたしとガウリイの姿は、一見ただの散歩だが、もちろん違う。

あたりの地形を把握《はあく》するため、街の外を見て回っているのだ。

「――おぼえてる？」

森の中ではあるものの、下生えの草木はあまりなく、歩き回るのにそれほど不自由はしない。進みつつ、あたしは言った。

もちろん、隣《となり》を歩むガウリイに、である。

「あたしたちがこの街に来る時——誰《だれ》かがどこかからこっちを見てたの」

「おー。あったな、そんな気配。殺気とかって感じでもなかったし、お前も気づいてて無視してたから、オレも何も言わなかったけど」

やっぱしガウリイも気づいていたか。

「……野盗《やとう》、ってかんじじゃあなかったわよね？　あれ」

「たしかにちょっと違ってたなぁ」

と、ガウリイもあたしと同意見。

——気配、などとゆーふんわりとしたモノで何がわかるのか？　と疑問を抱《いだ》く人もいるだろーが、実際になんとなくわかるのだから仕方ない。

そう思っていたら気のせいでした、なんてことも時々あるが、今回については、あたしとガウリイ、二人が同じ意見である。おそらく間違いないだろう。

「けどあれが、街にちょっかいをかけている連中とは別口——なんてことはないだろーし……」

「……うーん……」

つぶやくあたしに、ガウリイは少し驚《おどろ》いたような顔で、

「お前さんにしちゃあ珍《めずら》しく慎重《しんちょう》だな。いつもなら、野盗なんてとにもかくにも吹っ飛ばせばオーケー、とか言いそうなのに」

「まあ最終的には吹っ飛ばすつもりだけどね。

相手がそこらへんによくいる程度の野盗だったら、街の自警団で片付いてただろうし。

そうなってないってことは、相手の中に、それなりの使い手か切れ者がいるってことでしょ？

——それに——」

「それに？」

あたしがわずかに言いよどんだのに気づいたか、ガウリイが問いかけて来る。

口に出したいことではないが、事実は事実。はっきりと口に出す必要はある。

「前に比べると、あたしの使える術って大幅《おおはば》に減っちゃってるからね」

あたしのことばに、ガウリイはしばし考えて——

「言っとくけど！」

彼が口を開くより先にあたしは言う。

「体調の問題じゃないからっ！　前の戦いで、魔力を増幅《ぞうふく》する呪符《タリスマン》がなくなっちゃったから、使えなくなった術がけっこぉあるのよ」

「そっかぁ」

と、カルくガウリイ。

そーなのだ。

かつてあたしが使っていた、虚無《きょむ》の刃《やいば》を生み出す術やら何やらは、その呪符《タリスマン》がなければ発動しない。

あたり一帯を闇《やみ》に呑《の》み込ませる術は——使おうと思えば使えないことはないのかもしれないが、制御《せいぎょ》できなかった時がコワすぎる。とりあえずできればやりたくない。

今はもう使えなくなった術を、とっさの時に使えるつもりでくり出そうとする——というのがいちばんあぶないパターンである。

そうならないために、あたしはわざわざ、使える術が減っている、と宣言したのだ。ガウリイへの事情説明というよりも、口に出すことで、あたし自身がその事実を再認識するために。

——もちろん、実はここの自警団が心の底からダメダメなだけで、相手はごくごくふつーの野盗。当たってみたら瞬時《しゅんじ》に楽勝！　というのが一番話が早いのだが。

「何にしろ、相手の手がかりが何か摑《つか》めたらいいんだけど……このへんにはそーゆーの、なさそうねー」

と、あたし。

獣道《けものみち》しかないような山の中なら、足跡《あしあと》や折れた草木から、人の通った跡を探すこともできるのだが、このへんは逆に、人の立ち入った跡が多すぎるのだ。街の人たちがたきぎ拾いにでも来ているのか、自警団がいちおー巡回《じゅんかい》をしているのか。仮に賊《ぞく》たちがここを通ったことがあったとしても、それらを区別するのは無理だろう。

「手がかりかぁ」

ガウリイはしばし考えて、

「聞いてみたらどうだ？」

「誰に？」

「なんて言ったっけ。あいつ」

言ってむぞうさに指さす先に目をやれば、少し離《はな》れた木の枝の上、こちらをうかがう影《かげ》一つ。

「——アライナ？」

思わず呼べば、彼女は、びくんっ！　と身をふるわせて、あわてて幹の向こう側に身を隠《かく》そうとする。——幹がそんなに太くないせいで、細身のエルフとはいえ隠れ切れていないのだが。

「ひょっとして……あたしたちのこと、ずっと尾《つ》けてたの？」

呼びかけに彼女は無言。

白状するとあたしは、彼女の気配に今まで全く気づいていなかったのだ。彼女にこちらへの敵意が無かったことをさし引いても、正直びっくりである。

エルフは自然とともに暮らす者、と知ってはいても、ここまで森の空気に溶《と》け込むものだとは思っていなかったのだ。

「何か用か？」

ガウリイが呼びかけるも、やはりアライナは無言のまま。

ならば。

「ま、用がなけりゃあ尾けて来たりはしないわね。

……あたしたちがマクライルさんに協力をもちかけられたのが気に入らないみたいだけど——

ひょっとして、あたしたちが手を引くよう、人目につかないところでシメるとかそーゆーやつ？」

ためしに挑発《ちょうはつ》してみると、彼女は枝から地面に音も無く飛び降りた。

——下生えの草木があまりないとはいえ、この距離《きょり》で飛び降りた音が聞こえないというのは、一体どんな着地のしかたなのか。

彼女はあたしたちから目を離さぬまま、服のポケットから小さな何かを取り出すと、地面に置いて指をさす。

さっきのメシ屋では身につけていなかったが、今のアライナは腰《こし》の左右に丸めたムチを一本ずつ。右手で右のムチを取り、軽くふるう。

ムチはゆらりと波打つように、彼女の後ろ——あたしたちから離れた木の枝に巻きついた。そのままアライナが腕《うで》を引いて地を蹴《け》ると、彼女の体はムチに引かれて、枝の上へとふわりと着地。

この一連の動作も、ちょっとびっくりするほど静か。無音とまでは言わないが、そちらを意識していなければ、森の木の葉擦《はず》れや鳥のさえずりにまぎれるレベル。

……何のつもりか知らないが……

あたしはアライナから目を離さないまま歩み寄り、彼女が地面に置いた何かを拾い上げる。

大きさは手の中ににぎり込めるくらい。何かを紙で包んである。羊皮紙《ようひし》よりもずいぶん薄《うす》い、たぶん植物でできている紙のようである。

開いてみると、中身は小さな木ぎれ。こちらはおそらく単なる重し。包んであった紙の

方には、インクで一言、

『どう声をかけていいかわからなくて』

「めんどくさっ⁉」

思わず声を上げ、あきれ顔で彼女を見やれば、アライナはあわてて、またまた幹の陰《かげ》に隠れようとする。

「……人見知りなのはわかったから。けどそこはがんばって、せめてふつーに話はできない？」

問えば彼女は襟《えり》もとの小さなポッケから何か取り出し、こちらに放る。

さきほどと同じ小さな包み。開けば紙には、

『緊張《きんちょう》すると小さな声しか出せないから無理』

「……………………」

……このメッセージメモ、今書いたのではなく、即座《そくざ》にポッケから出てきたということは、アライナはこーゆー質疑応答パターンのメッセージメモを何種類も作っていて、あちこち別のポッケに忍《しの》ばせている、ということである。

スジガネ入りかっ⁉

「……あー……」

あたしはぽりぽり頭を掻《か》いて、

「オッケー、アライナ！

あたしが聞いて、そっちが答える。イエスは親指立《サムズアップ》てて、ノーなら手のひら広げてぱたぱた振《ふ》って、どっちとも答えようがないなら指そろえて、手のひらでストップ。こんなかんじでどう？」

言えば幹の陰から右手を突き出しサムズアップ——すなわちイエス。

よし。めんどくさい。

この時点でなんだかすごく疲《つか》れたが、それはもちろん口には出さず、

「……つまるところ、何か用があってあたしたちを尾けてたけど、きっかけがなくてずっと声をかけられなかった——と？」

イエス。

「そうするとその用っていうのは……」

——さて、どうやってイエス・ノーで用件を聞き出すか——と思っていると。

アライナはまた何かを取り出し、こちらの方に投げて来た。

さきほどのよりは大きい包み。開いてみると、手書きの——地図？

アテッサの街とおぼしき、いびつな丸。ゼフィーリアやセイルーン、カルマートなどの

方面に続く街道らしき線。街道とは反対側に四つほど小さな丸印。あちらこちらに小さな×がいくつもついている。

×印は、小さな丸と大きな丸との間や、街道ぞいに集中している。

「――もらっていいの？」

イエス、と木陰《こかげ》からアライナの右手が答える。

「ということは……大きい丸が街で……小さい丸が採掘《さいくつ》所、×が襲撃《しゅうげき》された地点……って解釈《かいしゃく》でオッケー？」

またまたイエス。

「ありがと！　けどなんで、あたしたちに地図を？」

メシ屋では、あたしたちが首を突《つ》っ込むのをいやがっているようだったが……

「――って、この質問じゃあイエス・ノーで答えられないわよねー。なら……」

迷うあたしのことばを遮《さえぎ》り、鳥が騒《さわ》いだ。

ぴくりっ、とアライナが反応する。

森の彼方《かなた》に目をやると、右手のムチと左手のムチ、左右交互《こうご》に、行く手の木の枝、木の幹にからめ巻きつかせ、木から木へと跳《と》び移《うつ》る。

「――何かあったな」

言って駆《か》けだそうとするガウリイに、

「待った！」

即座にストップをかけるあたし。

その間にも、アライナは森の奥へと進みゆく。そのスピードはあきらかに地面を走るより速い。

彼女の進む方向を考えれば、向かう先はおそらく採掘所の一つ。鳥たちが騒いだ位置から、そちらの採掘所に何かあったと判断したのだろうが——

「こっちよ！」

言ってあたしは、アライナが向かったのとほぼ逆を目ざして駆けだした。

ガウリイもあたしとともに走りつつ、

「なんで、こっちなんだ⁉」

「カンよっ！」

説明がめんどうだったのでそう言ったが、一応根拠《こんきょ》はある。

もし採掘所に何かが起きていて、それがこれまで街にちょっかいをかけて来ている連中のしわざだとすれば、街からまっすぐ向かったところで出くわすとは思えない。なにしろ相手は今まで自警団たちをだしぬいてきたのだ。

目ざすのは、この街に来た時、あたしとガウリイが誰《だれ》かに見られていた場所。

タイミングから考えて、あれは、採掘所にちょっかいをかけに向かう途中《とちゅう》の賊たちが、たまたまこちらを見つけたのではないか——と思ったのだ。

だとすれば、帰りも同じような場所を通る可能性が高い。

高速飛行の術でも使えば話は早いのだが、森の中では術を制御《せいぎょ》できず、木にぶち当たりまくるおそれがある。かといって高度を取って木々の上に出れば、そのぶんスピードが出なくなる上、相手から丸見えになる。しかたなくあたしとガウリイは、木立《こだち》の間を足早に進みゆく。

やがてどれほど進んだ頃《ころ》か——

「——リナ」

ガウリイが声を漏《も》らす。

「いるぞ」

あたしは歩調をゆるめつつ、ガウリイの視線が向かう先に目をやった。

木漏《こも》れ日が、コケと雑草で覆《おお》われた地面をまだらに照らし出す。だがその漏れ来る光の明るさゆえに、木々の奥は影濃《こ》く闇《やみ》ににじみ溶け。

人の姿らしきものは見えないが、言われてみれば、気配とも呼べない、かすかな違和感《いわかん》が漂《ただよ》っている。

何より。

ガウリイが、いる、と言っているのだ。なら間違《まちが》いない。

二人はどちらともなく足を止め、

「――おつとめごくろーさま！　さっきも会ったわね！」

あたしは声をはり上げた。

空気が――変わった。

たぶん向こうは、さっきも今も、こっちに気づかれているとは思っていなかったのだろう。

「あんたたちがただの野盗《やとう》じゃないのはわかってるのよ！　けどアテッサにいやがらせを続けてるってことは……ひょっとして本当の目的はあっ、ち、の方⁉」

あっちの方――というのはほかでもない。

ただの無意味なハッタリである。

もったいつけた言い方をしたが、何の心当たりもありゃしない。

だがこれで向こうはおそらく、三つの可能性を考えるはず。

一つ。あたしのことばはただのハッタリ。

二つ。あたしは連中の目的を知っている。

三つ。あたしは連中が知らないことを知っていて、それが目的だとカン違いしている。

向こうにすれば、一なら無視した方がいい。二なら無視してかまわない。しかし三の場合、どんな影響《えいきょう》が出るかわからない。

「——何の話だ——」

三の可能性を見過ごせず、やがて響《ひび》いたのは男の声。

おしっ！　乗ってきた！

森の暗がりがゆらりと動き、浮《う》かび上がったのは人影《ひとかげ》が五つ。

——なるほど。こちらからは見えないわけである。

くすんだ緑の上着とズボン。要所要所を砂色の布やひも帯で締《し》め、顔にも同じような布きれを巻きつけ、目だけを出している。肌《はだ》の出ているところなど無く、少しだけ見える目の周りにも、草の汁《しる》だか泥《どろ》だかを塗《ぬ》りつけてある徹底《てってい》っぷり。これなら草木の陰に動かずじっと佇《たたず》んでいるだけで、少し離《はな》れれば目立たなくなる。

年齢《ねんれい》や性別すらもわからない、緑に溶《と》け込むその姿。これが五人——いや、ひょっとすると他にも何人か隠《かく》れているかもしれない。

「——何を知っている」

口を開いたのは、こちらから見て一番右にいる相手。声からすると男だが、地声かつくり声かは不明。

「わかってるでしょ？」

とあたし。

「言え」

「聞きたいひとの態度じゃないわね。金貨の百枚もさし出して『教えてくださいお願いします』って頭下げたら──」

あたしのことばを遮って。

左の方にいた別の一人が突き出した右の手のひらから、十本近い炎の矢《フレア・アロー》が生まれ出る！

話にまぎれてこっそり呪文《じゅもん》を唱えていたかっ！

見ての通りの攻撃《こうげき》呪文。複数の炎の矢を生み出して解き放つ術で、術者の力量が上がれば生み出す本数も増える。

あたしとガウリイはすばやく左右に跳び退《の》いた！

どどどどンッ！

相手が放った炎の矢《フレア・アロー》は二人の間の地面に炸裂《さくれつ》！　草を灼《や》きコケを焦《こ》がし火の粉《こ》を散らし

煙《けむり》を撒《ま》いて視界をさえぎる。

分断されたかっ――！

煙の向こうで鋼《はがね》と鋼のぶつかる音。ガウリイが相手と刃《やいば》を交えているらしい。

ならばあたしは――

しかし、こちらが動くより早く。

白刃《はくじん》が閃《ひらめ》く。

あたしは跳び退き、腰《こし》の剣《けん》に手をかけつつ、口の中で呪文を唱える。

煙の奥から目の前に、誰ともわからぬ相手が一人。手にしたひとふりの刃のみが、にぶい光を放っている。

相手のくり出す斬撃《ざんげき》を、あたしはショート・ソードを抜《ぬ》き放《はな》ち、受け、さばく。

ほどなくあたしの呪文が完成――

……？

ふと。ある感覚をおぼえるあたし。

これって――？

あたしは唱えていた呪文を中断し、身をひるがえすと別の呪文を唱えつつ駆ける。

全力で駆けたつもりだが、相手は瞬時《しゅんじ》に追いついてくる。

相手がくり出すひざ蹴《げ》りを、あたしは後ろに跳び、かわす。

木の幹を背に、しばし相手とにらみあい――

一気にダッシュ！　追い来る相手に、完成した呪文を解き放つ！

「光《ライティング》よ！」

閃光《せんこう》が、薄暗《うすぐら》い森の中を刹那《せつな》白く染め上げる。

本来は、ただの照明用の術である。あたしはその呪文にアレンジを加え、効果時間をほぼゼロに、かわりに明るさを極度に上げている。まともに見れば目をやられ、しばらく視界を奪《うば》われる。

相手は光にまともに突っ込んだはずだが――あたしの想像が当たっていれば、効かないだろう。あたしは駆けつつ次の呪文を唱えはじめる。

――ひゅんっ――

何かが風裂《さ》く小さな音。

同時に、あたしの動きが止まる。

木漏れ日がまだらに染める地面の上、あたしの影が落ちている。その影に刺《さ》さっているのは小さなナイフ。

影縛り《シャドウスナップ》――精神世界面《アストラル・サイド》から相手の動きを束縛《そくばく》する術である。

相手の動きを束縛、というと強力に聞こえるが、対抗策《たいこう》を知っていればそれほどでもない。たとえば――

「光《ライティング》よ！」

さきほどと同じ術で光を生み出し影をかき消せば、その拘束《こうそく》はあっさり解ける。

あたしと相手は向き合って――

その時。

ぴゅぃぃぃぃぃっ！

森に響いたのは指笛の音。

それを合図に、相手はあっさりきびすを返し、森の奥へと駆けてゆく。

見ればガウリイと対峙《たいじ》していた連中も、退却《たいきゃく》をはじめていた。

たぶんもう一人見張り役がいて、そいつが指笛で撤退《てったい》の指示をしたのだろうが――

「追うか？」

やや離れた場所からガウリイに問われて、

「やめときましょ」

と、ガウリイの方に歩きながらあたし。

相手はふつーの野盗とは違う。人数も不明で、森にも慣れている。この状況《じょうきょう》で無理な深追いはナシである。

「それよりも、なんで奴《やつ》らが急に退《ひ》いたのか、ね」

あたりを見回し――すぐに理由を理解した。

森の一方、街道に近い方から現れたのは男が二人。

さっきの連中とはもちろん違う。がっちりとしたつくりの銀の鎧《よろい》が、水面《みなも》にちらつく魚《ぎょ》影《えい》のように、まだらな木漏れ日をはね返す。

装備が完全にお揃《そろ》い、ということは、ちゃんとした組織の正規兵だろう。

「――お前達！　何者だ！　何と戦っていた⁉」

こちらの姿をみとめると、兵士その一が声を上げた。

――なるほど。

近くを通りかかった彼らは、戦いの音を聞きつけ、状況確認にやって来た。

野盗――というか賊《ぞく》たちは、この兵士たちの接近を知って退却したのだ。

「アテッサの街で用心棒に雇《やと》われた者よ！」

敵意が無いことを示すため、かるく両手を上げてみせながらあたしは言う。ガウリイの方も、手にしていた抜き身の剣を鞘《さや》へと戻《もど》す。

「賊と出くわして一戦交えてたのよ！　兵隊さんたちが来てくれたおかげで、連中、逃《に》げてったけど！

あたしたちのことは、アテッサで確かめてもらえればわかるわ！」

兵士たちは互《たが》いに顔を見合わせて、しばらくぼそぼそことばを交わし、

「──わかった！　アテッサまで同行してもらえるか？」

「りょーかい。……手、下ろしていいわよね？」

「かまわんが──おかしな真似はするなよ」

「しないわよ」

警戒《けいかい》する兵士に軽口で応《こた》え、あたしとガウリイは、兵士二人の先導で、森を抜けて街道に出て──

「をうっ!?」

思わずあたしは声を漏《も》らす。

そこには、二人の兵士と同じ鎧姿がずらりと並んで数十人。整然たる列の中央には、やたらと立派な同じ形の馬車三台に、やはり立派なつくりの荷馬車が二台。

……思ってたより大規模だし……

それにこれって……

あたしはやや大きな声で、

「──これってひょっとして！　えらい人だったり？」

兵士その一にそう問えば、

「まずはお前達の身元確認が先だ」

と、はぐらかす。

が。

馬車の小窓の一つが開いて、そこからひょっこり顔を出したのは──

「リナ！　ガウリイさんも！　声を聞いてひょっとしたらと思いましたけどっ！」

「おひさし～」

「おー。しばらくぶりだなー」

かわすあいさつに、兵士その一の目が点になる。

馬車の扉《とびら》がかちゃりと開いて、白い礼服に身を包む、一人の少女が──

「ストップストップ！　護衛の兵士さんたち困っちゃうでしょ？　話は街についてから、ね！　アメリアさん」

いきおいで飛び出しかけた彼女をしぐさで制し、あたしは声を上げた。

対するアメリアは、

「アメリア、で、いいですよ！　リナ！　じゃああとでっ！」

言ってにこやかに、馬車の中へと引っ込む彼女。まわりの兵士たちは呆然《ぼうぜん》。

やがて、あたしたちのそばに佇《たたず》む兵士その一は、鎧がきしむようなぎこちない動きであたしの方を愕然《がくぜん》と見やり、

「……知り合……あ、いや、お知り合いですか……？」

「ま、ちょっと」

とあたしはウインク一つ。

馬車から顔を見せた彼女はアメリア＝ウィル＝テスラ＝セイルーン。

その名から察しがつく通り、聖王国セイルーンの立派な王族なのである。

実を言うとあたしとガウリイは、一時期、彼女といっしょに旅をしたことがあった。

あたしたちが彼女の護衛——というわけではない。

アメリアは、としはあたしより少し下、面立《おもだ》ちにまだ幼さを残しながらも、精霊魔術《せいれいまじゅつ》に白魔術、でもって素手での戦いを得意とし、ともに戦う仲間として同行していたのだ。

あれやこれやがあったあと、ひと落ち着きしたのを機に、あたしたちと別れてセイルーンに帰ったのだった。

そんなもろもろのいきさつで、あたしもガウリイも、セイルーンの王族関係者の中に、何人か知り合いがいたりするのである。

兵士たちの鎧に刻まれていた紋章《もんしょう》から、彼らがセイルーンの兵士だとはわかったし、一団の様子から、馬車に重要人物が乗っていると予想はついた。

ひょっとすると知っている相手かも、と思って、大きめの声を上げてみたのだが、まさかアメリアだったとは。

かくてあたしとガウリイは、アメリアたちセイルーンご一行様とともに、とりあえずアテッサに引き返したのだった——


鍛冶《かじ》の街、アテッサ。

けっこう昔、かーちゃんといっしょに旅行の途中《とちゅう》で寄ったことがあり、この街のなりたちはあたしもざっと知っている。

大きな森と採掘所《さいくつ》を擁《よう》する鍛冶の街、ということで、かつてはこの街の所有を巡《めぐ》り、ゼフィーリアとセイルーンとの間でごたごたした時代もあったという。

当時は領主《ロード》がいて、兵士もおーぜいいたらしいのだが、両国間の関係も円満な今となっては、余計な疑心暗鬼《ぎしんあんき》を生まぬよう、兵士を大幅《おおはば》に減らし、自衛は自警団が担《にな》うようになったとか。

それに伴《ともな》い、以前いた領主《ロード》は別の場所へと領地替《が》えし、今は町長がこの街の代表、ということになっている。

……もっともこの町長、かつての領主《ロード》の血縁《けつえん》ではあるらしいが。

しかし正規の兵士がゼロというわけではない。

かつての領主《ロード》の館《やかた》は今、貴賓館《ゲストハウス》として使われており、そこに管理の名目で、二十人足らずのゼフィーリアの正規兵が常駐《じょうちゅう》している。

アテッサの入り口で、そんなゼフィーリア正規兵のうち二人に出迎《でむか》えられ、アメリアとセイルーンご一行様、プラスあたしとガウリイが案内されたのは、その貴賓館《ゲストハウス》だった。

館といっても、いざという時の防衛拠点《きょてん》として考えられてはいたのだろう。重厚堅固《けんご》な石造り。正直、飾《かざ》り気《け》はいまひとつ。

正門を入った先、貴賓館《ゲストハウス》の玄関《げんかん》前には、常駐の正規兵たちにくわえ、たぶん街のえらい人たちなのだろう十人以上がずらりと並んでお出迎《でむか》え。

その中には、正装したマクライルさんの姿もあった。

彼はあたしたちの姿を見ると、わずかに眉《まゆ》をはね上げるが、もちろんこの場では何も言っては来ない。

全員直立不動の中、先頭馬車の足下《あしもと》に、ムダに凝《こ》った飾りの踏《ふ》み台が置かれ、御者《ぎょしゃ》が恭《うやうや》しくドアを開ける。

そこからしずしずと歩み出て来たのはもちろん――

居並ぶえらい人たちの間から、ほう、と小さな感嘆《かんたん》の声。

所々に金糸やレースがあしらわれた純白のドレス。略式のシンプルなシルバーティアラが黒髪《くろかみ》に映《は》える。

――前にいっしょに旅した時には、とーぜんもっと動きやすい服を着ていたが、こーゆー服を身につけると、いかにもお姫《ひめ》様然とした佇まい。前の時より、ちょっぴり背も伸《の》びているような気がする。

石畳《いしだたみ》のエントランスに降り立った彼女は、えらい人たちに向かって、ドレスの裾《すそ》を軽くつまみ上げると一礼し、

「アテッサの皆様《みなさま》、お目にかかれて幸いです。セイルーンの特使、アメリア＝ウィル＝テスラ＝セイルーンと申します。短い間ではありますがお世話になります」

アメリアのあいさつに続いて、アテッサの町長が自己紹介《しょうかい》。じまん混じりの長めのあいさつを述べたあと、

「――我らの貴賓館《ゲストハウス》にて、旅のお疲《つか》れを取っていただければ幸いです。今からご案内させていただきます……が……その――」

と、いっしょにいるあたしとガウリイに目をやって、

「そちらのお二人は……？　護衛の兵には見えませんが――」

「友人です」

アメリアはさらりと笑顔で、

「その森でたまたま再会したのです。聞けば今はこの街で自警団のお手伝いをさせていただいているとか。つもる話もありますので、お二人をしばらくお借りしてもかまいませんでしょうか？」

こう問われれば町長には、

「ええもちろん。どうぞどうぞ」

と答えるしかない。

――結局のところ。

アメリアたちが部屋を割り当てられてから、予定されていた夜の会食までの間――それが、あたしたちとアメリアの、話をする時間となった。

「実は今回、わたしがゼフィーリアに特使として伝えに来た用件って、お二人にも関係あることなんですよ」

出された香茶《こうちゃ》をひと口飲んで、息をついてからアメリアは口を開いた。

「……って……話しちゃっていいの？　そんなこと？」

思わず声をひそめて問うあたし。

——彼女が割り当てられたのは、比較《ひかく》的広い部屋。

さすがにここは貴賓館《ゲストハウス》としての体裁《ていさい》は整っており、しっかりとしたじゅうたんに壁掛《タペストリ》け、大きめのテーブルにデスク、奥には天蓋《てんがい》付きの立派なベッドと、なかなかちゃんとしたものである。……それら全部がちょっぴり古びてはいるのだが。

テーブルには貴賓館《ゲストハウス》付きのメイドさんが運んで来た香茶が三人ぶん並べられ、席についたのはアメリアとあたしとガウリイ。

三人の他には、かたわらにはメイドさんがいるし、アメリアについてきた兵士たちのうち六人が、部屋の四隅《よすみ》とドアの両側に立って番をしている。

とーぜん、ここでアメリアが使いの内容を話したら、彼らもそれを知ることになる。

いーのかそれは、と思うのだが——

「だいじょうぶです」

と笑顔で断言。

「むしろ、より多くの人たちに知ってもらいたいことですから。

今回、国家間で情報を共有すべきと判断された伝達事項《じこう》は——高位魔族の存在に関してのことなんです」

「高位魔族――」

あたしは思わず呻《うめ》いた。

魔族――

今さら言うまでもないだろうが、生きとし生けるものたちの負の感情を糧《かて》として、この世界の滅《ほろ》びを願うものたち。

レッサー・デーモンやブラス・デーモンが有名で、より高位のものもいるとささやかれており、伝承と神話の中には、七つに分かたれた魔王と呼ばれる者と、その腹心たる五人の魔族――冥王《ヘルマスター》、魔竜王《カオスドラゴン》、覇王《ダイナスト》、獣王《グレーター・ビースト》、海王《ディープシー》の存在が伝えられている。

……で、その、なんとゆーか……

あたしとガウリイとアメリア、そしてここにはいないあと一人は、かつてそんな腹心の一人、冥王《ヘルマスター》フィブリゾと相まみえ、うち滅ぼしたのである。

――いやわかってる。もちろんよーくわかっています。

ンなことを口にした日には、デマだサギだ妄想《もうそう》だと思われるとゆーことは。

そもそも魔道士の間では、魔王や腹心の実在を疑問視する声もあるのだ。

それぞれの力を借りた術は存在するが、それらは自己意思を持ったものではなく、漠然《ばくぜん》とした力の源、もしくは法則そのもの、という解釈《かいしゃく》である。

ンなものに出会って、あまつさえぶち倒《たお》したとか。

ねーよ、と切り捨てられても無理はない。

……実をいうとあたしも、信じてもらえないだろーな、とは思いつつ、魔道士協会にいちおー報告してみたことはあったのだ。

反応はまあ……予想通り。

向けられたのは疑いのまなざし。なおこの場合の疑いは、『真実か嘘《うそ》か』ではなく『ホラ・サギ・妄想、どれだろう?』である。

腹は立ったが無理もない。立場が逆なら、あたしだって信じられない。

とはいえ――本当に本当だったりするのである。

「冥王《ヘルマスター》の話……よね? 信じてもらえると思う?」

「高位魔族が実在し、その一角が崩《くず》れたことは、事実として多くの人たちが知っておく必要があります」

アメリアは言う。

「けれど、聞いただけではとうてい信じられないでしょうから、セイルーンで事情を説明して、魔道士協会に検証を頼《たの》みました」

「検証……って、どうやって?」

「冥王《ヘルマスター》の力を借りた術が使えなくなっていることを検証してもらったんです。そうすれば少なくとも、冥王《ヘルマスター》と呼ばれた何かの力の源があり、それが失われたことの証明にはなります。

もちろんそれが、高位魔族《まぞく》が意思をもって人の姿で行動し、誰《だれ》かに倒されたことの証明にはなりませんけど、頭ごなしの全否定はできなくなるはずです。

この世界にどういった脅威《きょうい》がどんな形で存在するのか。

それを、より多くの人たちが知っているかどうかによって、未来は変わってくるはずですから、検証資料やその結論を、いろいろな国に伝えて回っている途中なんです。

――もっとも、検証にずいぶん時間がかかっちゃったせいで、こんな時期になっちゃいましたけれど」

と、アメリアは笑顔で、

「心配してましたよ。時間がかかってる間に、またリナたちがどこかで高位魔族倒したりしてないかなー、なんて。あはは」

「あはははははははは」

かわいた笑いでごまかすあたし。

「あはははははははははは」

アメリアもいっしょにひとしきり笑ってから、笑顔のままで、

「リナが前に身につけていた呪符《タリスマン》がなくなってるんで、ひょっとしたら、ややこしいことがあったんじゃあ――って思ったんですけど、その笑い方は、やっぱり図星ですね」

くっ……！　おにょれアメリア！　気づいてたかっ……!?

なかなか成長したなっ！

だがこうなれば、へたにごまかしてもしかたない。

あたしはうしろあたまを掻《か》きながら、

「まあね～」

「ひらきなおらないでくださいっ！」

なぜか大声を出すアメリアに、あたしはちょっぴりたじろぎながら、

「ま……まあまあ落ち着いてアメリア。

別にこっちからケンカ売りに行ったわけでもないし……とりあえず、冥王《ヘルマスター》の時と違《ちが》って、そのせいで使えなくなった術とかはないから、アメリアの伝達内容には全然影響《えいきょう》しないから。そこは安心して」

「…………………」

彼女はしばし無言であたしを見つめていたが、やがて引きつった半笑いで、

「で？　何をやったんですか？　リナ？」

しかたなくあたしは視線をそらし、

「……あー……まあその……」

ごンッ。

覇王《ダイナスト》グラウシェラーを弱体化するまでボコったあと、魔王の一人をちょっと……」

にぶい音に目をやれば、そこには、デコから思いっきりテーブルに突《つ》っ伏《ぷ》すアメリア。

「だっ……!?　だいじょーぶっ!?　アメリア!?」

「……まあ……一応……」

彼女はよろふらなんとか顔を起こし、指でこめかみおさえつつ、

「……そのあたりの話は聞かなかったことに……ではなくて、長くなりそうですから、あとにして……

先に今現在のことを確かめておきたいんですけど、森で何かと戦っていた、あれは一体何なんです？」

「んー……あたしたちも今日依頼《いらい》を受けたばっかりなんだけど……

どーやらここしばらくの間、このアテッサの街、おかしな賊《ぞく》に狙《ねら》われて、いろいろやられてるらしーのよ」

「……賊……ですか」

と、アメリアはどこか不審《ふしん》げ。

「あたしたちに依頼したひとは野盗《やとう》って言ってたけど――」

「そんなわけはありませんよね」

表情一つ動かすことなく、さらりと言ってのける彼女。

「――なんでそう思うの？」

「なんで、って――」

問うあたしに、アメリアはきょとんとした顔で、

「相手が何人か倒れていたなら、うちの兵士が連行か報告したはずですから。それがないということは、相手の犠牲《ぎせい》はゼロということですよね。

お二人と戦って一人も倒されずに切り抜《ぬ》けるような相手が、ただの野盗のはずないじゃないですか」

さも当たり前のよーに言う。

あたしは苦笑いして小さく肩《かた》をすくめ、

「――ま、それにはあたしも同意見だけど」

あたしは隣《となり》のガウリイに目をやると、

「ガウリイ、森で戦った連中、どんなだった？」

「んー」

ガウリイは考えながら香茶《こうちゃ》をひと口すすり、

「地味な色だったなぁ」

「色の印象は聞いてないわよっ！　戦ってみてどんな感じだったか、ってことっ！」

「おー。そっちか。

直接斬《き》りかかってくる奴《やつ》の他に、離《はな》れたところからナイフを投げて牽制《けんせい》する奴がいて、さばくので手《て》一杯《いっぱい》だったなー」

もちろん、四対一で戦い続けるガウリイもケタ違いの腕前《うでまえ》ではあるのだが、いつもの彼なら相手のスキを見つけて崩してゆく。それができなかったということは、とりもなおさず、相手は瞬時《しゅんじ》にガウリイの力量を見抜《みぬ》いて対応した、ということでもあるのだ。

「四対一とはいえ……あんたと渡《わた》り合うなんてそーとーね……」

「それは……やっかいそうですね……」

あたしたちの話を聞いて、アメリアは表情を曇《くも》らせるのだった——

太陽は西の空にかたむきかけている。

あたしとガウリイが貴賓館《ゲストハウス》をあとにしたのは、昼と呼ぶには遅《おそ》すぎて、夕方と呼ぶにはやや早い、そんな頃《ころ》のことだった。

アメリアとの話は、おーざっぱなところを伝えた時点でおしまい。

覇王《ダイナスト》や魔王の話をくわしくするには時間が足りないし、この街に何が起きているかを語ろうにも、あたしたちにも正直よくわかっていなかった。

雑談《はなし》のネタはいくらでもあるものの、長居して警護の兵士たちに煙《けむ》たがられるのも得策ではない。

そんなこんなで、ちょっぴり早めにおいとましたのだが……

「で？　これからどうするんだ？」

「うーん……何かあったみたいだから、状況《じょうきょう》くらいは確かめたいけど……」

ガウリイに問われてあたしは悩《なや》む。

日暮れまではまだ少しあるが、今から街の外に出て調査をするには、十分な時間とは言えない。

「オッケー。じゃあとりあえず、マクライルさんの所へ戻《もど》って――」

「メシか？」

「ごはんも食べるけど。その前に聞きたいことはいろいろあるから」

あたしたち二人の宿はマクライルさんの銀の木の葉亭《シルバーリーフ・イン》。

依頼を受けると決めた時、宿の部屋を無料で提供、食事は有料だが二割引、とゆー条件が出たのも大きいが、マクライルさんが自警団の責任者だということもあり、連絡《れんらく》の中継《ちゅうけい》場所になっている。

ここを拠点《きょてん》にしていれば、いろんな面で都合がいい。

──夕食の材料買い出しの時間帯。街には行き交う人たちの姿。

あちらこちら、遠く近くから槌《つち》打つ音が響《ひび》くのは、鍛冶《かじ》の街ならではというところか。

こーゆー街ではえてして威勢《いせい》のいい人が多いものだが、陽気な空気はあまりない。やはり賊たちの存在が、皆《みな》の気持ちを沈《しず》めているのか。

その道すがら、あたしはふと思い立ち、ちょっと寄り道して買い物を。

やがて銀の木の葉亭《シルバーリーフ・イン》へと戻り──

「やあ」

玄関《げんかん》をくぐった二人を出迎《でむか》えたのは、マクライルさんの声だった。

夕食には早すぎる時刻だからか、一階の食堂に客の姿はない。

店にはまだランプの明かりは灯《とも》されておらず、開いた窓から弱まりつつある午後の光がさし込んで、年季の入った柱やイスやテーブルに影《かげ》を刻んでいる。

そんな中、マクライルさんはカウンターの奥に陣取《じんど》っていた。

夕食の下ごしらえでもしているのか、シチューか何かを煮込《にこ》む香《かお》りがうっすらと店内に漂《ただよ》っていた。

「お帰りなさい。話ははずみましたか」

「まあまあ、ね。ツッコんだ話をするには時間がなかったんで、てきとーなところで切り上げてきたけど。

そーいえばマクライルさんは夜の会食には出ないの？」

テーブルにつきながら、問えば彼はにがわらいで、

「ああ。会食に参加するのは街の偉《えら》い人数人だけですからねぇ。私なんぞは、出迎えのにぎやかしに並ばされたようなもんですよ。

——けどお二人がセイルーンの王族とお知り合いとは、想像もしていませんでしたよ」

対するあたしも苦笑を浮《う》かべ、

「こっちも、セイルーンのえらい人がこの街に立ち寄る、なんてこと聞いてもいなかったわよ。

自警団を仕切ってるそっちは、とーぜん知ってたはずでしょうけど」

彼はカウンターの奥で何かごそごそやりながら、さほど悪びれた様子も無く、

「あー。言わなくてすみません。言えばどこかから話が漏《も》れて街の噂《うわさ》になるでしょうし、そうなると野盗たちの耳にも入るおそれがありますからねぇ」

「——というと、街の情報が相手に筒抜《つつぬ》けになっている、と?」

「これまでさんざん裏をかかれていますから。そういう可能性も考えておいた方がいいでしょう」

なるほど。さすがにそれくらいの用心はしているか。

「……で、その、マクライルさんが『野盗』って呼んでる連中だけど——会ったわよ。森で」

「は⁉」

すっとんきょうな声を上げる彼に、ガウリイが、

「セイルーンの人たちが来たから逃《に》げてったけどな」

「ちょっ……ちょっ……ちょっと待ってください」

ばたばたしてから、彼がカウンターの奥から出て来た時には、その手には木のカップが三つ。どうやら飲み物を用意してくれていたようである。

彼はあたしたちの前にカップを置くと、空いている席に腰掛《こしか》けて、

「……会ったって……野盗たちにですか？」

「今日、何かあったでしょ？　賊がちょっかいをかけてきた、とか。そのちょっとあとだから、別口だとは思えないけど」

「くわしく聞かせていただけますか。相手はどんな連中でした？」

「顔まで隠《かく》してたから、男か女かもわかんない連中だったけど——」

あたしは渡されたカップをひと口。ちなみに中身はリンゴをベースにしたジュース。

賊との邂逅《かいこう》をざっくりとかいつまんで説明し、

「……とまあ、こんなところね。

でもってこっちは、たぶん何かあったんだろうなー、ってことは想像できるんだけど、実際に何があったかは知らないのよ。

そっちには話が入ってきてるだろーから、くわしく教えてくれる？」

「こっちにも今はまだ、ざっとした情報しか入ってきていないんですけれどね。

採掘所の一つで崩落《ほうらく》があって、どうやら攻撃呪文《こうげきじゅもん》が使われたらしく、野盗……いや、賊どものしわざなんじゃないか、ということぐらいですね。

その報告が入って、ここにいた自警団のみなさんを捜索《そうさく》と救援《きゅうえん》に向かわせたんですが、まだ誰《だれ》も帰ってきていないみたいですから、くわしくは——」

かろんっ、と。

マクライルさんのことばを遮《さえぎ》り、ドアベルが鳴る。

全員そろって目をやれば、開いたドアと、そこに佇《たたず》む——

「アライナさん」

マクライルさんに名を呼ばれ、女エルフは口を開き——あたしとガウリイがいるのに気づくと、もにょもにょと唇《くちびる》を動かし、閉じる。

……たぶん何か言ったのだろうが、声が小さすぎて聞こえなかった。

「お帰りなさい。

——ちょうど良かった。現場の状況、こちらで説明していただけますか」

彼女はしばしためらった後、ほうり投げたエサに近寄る、なついていないノラ猫《ねこ》みたいな足取りで、おそるおそる近づいてくると、あたしとガウリイからは目を離さぬまま、マクライルさんのうしろあたまに向けて何やらぼそぼそと——

「いやあの」

さすがにソレは気色《きしょく》悪かったらしく、マクライルさんはふり向いて、

「できれば、全員に聞こえるようにお願いします」

……ひゅっ——

アライナは動揺《どうよう》もあらわに小さく息を吸い、あわててポケットをまさぐりはじめ――

「あ。ちょっと待った」

言ってあたしはふところから、ついさっき街で買い求めたものを取り出した。

知らない人には、ちょっと大きめの見慣れない硬貨《こうか》としか思えないものが二枚。

あたしはそのうち一枚に簡単な呪文を唱え、アライナにさし出した。

「貸したげる。さっきこの街の魔道士《まどうし》協会へ行って買ってきたの。

レグルス盤《ばん》っていう魔法の道具《マジック・アイテム》で、そっちで話した声がこっちで聞こえるようになってるの。

面と向かってふつーの声でしゃべるのが苦手っぽいけど、これならつぶやくくらいの大きさでも聞こえるから」

アライナはおそるおそる手を伸《の》ばし――レグルス盤をひったくると、残像を残して近くのテーブル下にもぐり込み――

『――あ。あ。あーあー。本当に聞こえるっ……！』

もう一枚、残ったレグルス盤の方から響く彼女の声。

『人間ふぜいも案外気のきいた道具作るんですね……！　こんなものがあるならとっとと渡してくれればよかったのに……』

「あっはっはっは。アライナ、いきなし内弁慶《うちべんけい》モード入ったけど、調子に乗ってるとえり首つかんでゼロ距離《きょり》でお話しするわよ？」

『……あっ……。すみませんついその……なるべく気をつけますからゼロ距離トークだけは勘弁《かんべん》してください……』

……んーむ……他人との距離感が極端《きょくたん》な奴《やつ》……

『あと……これ、便利なんで、よかったら譲《ゆず》ってもらえませんか？　もちろん代金は払《はら》いますから』

「んー……」

実費で譲るかぼったくるか、あたしが悩んでいると、

「すみません。その交渉《こうしょう》、あとにしてもらっていいですか？　今は現場の状況を聞きたいので」

とマクライルさん。

「あ。はい。どーぞ」

あたしがうなずくと、彼はアライナに、

「それで──現場には行ってきてくれたと思いますけど、どんな様子でした？」

問われて彼女はすらすらと、

『現場は第二採掘所。起きたのは落盤《らくばん》。ケガ人はいますが死者と行方《ゆくえ》不明者はなし。報告のためわたしが先に戻りましたが、救護の指示はランダが行っていて、自警団の皆《みんな》が手を貸しています。救助と手当ては夜までかからず片付きそうでしたが、採掘所の復旧には早くても数日を要する見通しです。

なお状況《じょうきょう》と痕跡《こんせき》から大地の精霊《ベフィモス》に干渉《かんしょう》する術が使われたことは明らかです』

端的《たんてき》に状況を説明する。

……報告している彼女がテーブルの下に隠れてさえいなければ、ちょっとかっこ良かったかもしれないが……

ただ、疑問が一点。

「ランダって誰？」

「……リナさんたちが最初にはり倒《たお》したあいつですよ」

と、マクライルさん。

──ああ。ごろつきっぽい自称《じしょう》自警団その一のひとね。完全に名前も忘れてたけど。

しかし……あれが指示してるって……よっぽど人員が足りないのか、それともあれで、そーいう方面だけは長《た》けているのか。

「いちおー念のため聞くけど、落盤を起こした術って、やらかしたのが内部の人間、って可能性はあると思う？」

　こちらに内通者がいることを考えてのあたしの問いに、

『ありません』

　彼女はきっぱり即答《そくとう》する。

『術の発動地点を割り出しましたが、少し離《はな》れた外部からでした』

「術の発動地点を割り出す……って、そんなことできるの⁉」

　思わずあたしは声を上げる。

　もちろん術や状況によっては、発動地点を割り出すことは可能である。しかし今回はその術で落盤が起きているのだ。ふつーなら痕跡も何も埋《う》もれていると思うのだが——

　対する彼女は、こともなげな口ぶりで、

『？　大地の精霊《ベフィモス》への干渉痕跡を見ればわかりますよね？』

「かんしょーこんせき……？」

　聞いたことのない単語に眉《まゆ》をひそめると、

『——ああ。ひょっとしたら人間には見えないのかもしれませんね。あれ』

「エルフには見えるんだ⁉　そんなもん⁉」

『目で見るというより感じ取るといった意味で、ですが、普通《ふつう》にわかります』

……知り合いにエルフっていたけど……初耳だぞ……まあ確かに、エルフには何がどんなふうに感じ取れているか、なんて話はしたことなかったけど……

人間とエルフとでは魔力の量なんかに差があるとは知っていたが、『見える』世界まで違《ちが》うとは……

『ただ、結局野盗《やとう》たちは見つけられませんでした』

「ああそれなら——」

と、マクライルさん。

「リナさんたちが出会ったらしいですよ」

『——えっ……!?』

アライナは、テーブルの下でぴくりと震《ふる》えて、

『出会ったんですかリナ先輩《せんぱい》!?』

「まーね。

——って、なんで先輩扱《あつか》いっ!? リナ、でいいわよ」

『リナ……呼び捨てでいいということはわたしの方が格上ということでいいのよね？』

「呼び捨てでいいけど先輩だと思え。」

『……あ。はいすみません……』

人間関係の距離感修正めんどくさっ！

なんでどっちかが上なのか。同格でいーと思うのだが。とはいえもし同格なんぞと口にしたら、アライナがめっちゃつけ上がりそうな気がひしひしとする。

『それで……どんな相手でした……？』

「人数は最低でも六人以上かな？　全身布で覆《おお》ってて、男か女かもわかんなかったけど」

『他には何か気づいたことは――？』

「全員それなりの使い手よ。結局逃《に》げられちゃったし。野盗、ってみんなは呼んでるけど、アレがただの野盗だとは思えないわね」

『…………』

「野盗じゃないとすれば、何者で、目的は？」

沈黙《ちんもく》したアライナにかわってマクライルさんが問いかけてくるが、あたしは小さく肩《かた》をすくめて、

「さあね。さすがに何から何までしゃべってくれるほど親切じゃなかったし。

逃げた方向ならおーざっぱにわかるけど、そっちに向かえばアジトがある、なんて素直な連中でもなさそうだったし」

「――けど、これは大きな一歩ですよ。今まではろくにシッポも摑《つか》めていなかったんです

から。


お二人にはぜひ明日からも、力になってください」

「まあ、がんばってはみるけどね」

……けどこれ……めんどくさいことになったなー……

アテッサに来た初日――というか半日でコレである。

ため息をつきたくなるのをこらえつつ、あたしはリンゴジュースを口にした――


鍛冶《かじ》の街の朝は早い。

とゆーか、どこかから響《ひび》いてくる鍛冶作業の音で起こされた。

これが鳥の声とかなら気にせず眠《ねむ》り続けることもできるのだろうが、カンキントンテン金属音。さすがにこれは耳につく。

街のひとたちは慣れているのかもしれないが、こっちは寝《ね》てなどいられない。

しかたなく起きて一階の食堂に降りると、そこにはすでにガウリイが。やっぱし音で起こされたらしい。

サラダとパンとベーコンエッグとマッシュドポテトとミネストローネスープとリゾットとグラタンとアップルパイとフルーツとミルクとジュースの軽い朝食をとり、食後の香茶《こうちゃ》でひと落ち着き。

ふぁぁぁ、と同時に吐息《とい き》をついた時。

店のドアベルがけたたましく鳴った。

「いた！　いたいた！」

焦《あせ》りを含《ふく》んだ声に目をやれば、そこにはどこかで見たような気がするおっちゃんが一人。

おっちゃんは、まっすぐこちらを見ながらずんずん歩み寄り、

「あんたら！　確かアメリア姫《ひめ》様のお知り合いだったよな⁉」

言われてやっと思い出す。

このひと、昨日、貴賓館《ゲストハウス》の前でセイルーンご一行様を出迎《でむか》えた顔ぶれの一人。

たしか町長だったはず。

「あ。まあそーですけど」

町長は店内をきょろきょろと見渡《みわた》してから、こっちのテーブルに駆《か》け寄ると、声をひそめて、

「……アメリア姫様、来てないよな……？」

と、おかしな質問をする。

「ええ。来てませんけど……？」

いちおー彼女はセイルーンからの特使なのだ。護衛の兵士もついているわけだし、いくらあたしたちが知り合いだからといって、ほいほい気軽に遊びに来られるわけはない。

……なんてことは町長もわかってるだろーし、その上であたしたちにそんなことを聞きにきた、とゆーことは……

「……もしかして……いないの？」

声をひそめたあたしの問いに、彼の顔色がまともに変わる。

「――」

何かを言おうと口を開き、思い直してまた閉じて。そんなことを二度三度くり返してから、ぼそりっ、と、

「……さらわれたっぽい……」

…………………………

「えええええええええええっ⁉」

あたしとガウリイ、二人の上げた大声が、朝の空気をゆるがせた――

二、アテッサに　仲間ふたたび集《つど》い合う

貴賓館《ゲストハウス》の内外には、ぴりぴりとした空気がまとわりついていた。

あたしとガウリイ、マクライルさんと町長と。

こちらの顔に見覚えはあるはずなのに、佇《たたず》む兵士たちが向けてくるまなざしは、猜疑《さいぎ》の色に満ちている。

建物に入り奥へと進む。その間誰《だれ》もが無言のまま。

やがて町長は、ある部屋の前で足を止めた。

「くわしい説明をお願いできますか、町長」

マクライルさんがようやく口を開いた。

宿からここまで来る間、時間はそれなりにあったのだが、さすがに街の往来で、賓客《ひんかく》が誘拐《ゆうかい》されたかも、などとゆー話をするわけにはいかなかった。

あらためての問いに町長は小さくうなずくと、目の前のドアをノックし、返事も待たず

にノブに手をかけ開け放つ。

そこは、昨日もあたしとガウリイが案内された部屋だった。

じゅうたんに壁掛け《タペストリ》、大きめのテーブルにデスク、奥には天蓋《てんがい》付きの立派なベッド。

メイドさんが何人かいて、兵士たちが六人ばかり。

昨日とあまり変わらぬ中、アメリアの姿だけがない。

「……今朝になって、姫様のお姿が消えていたらしい」

と、町長。

兵士やメイドたちをぐるりと見回して、

「なんでも昨夜、見張りの兵士たちや夜番のメイドたちが皆《みな》、強烈《きょうれつ》な眠気《ねむけ》を感じて眠り込んでしまったということだ。

……たしか魔術《まじゅつ》に、人を眠らせるものがあったと思うが……」

「『眠り《スリーピング》』ね」

あたしが口を開く。

「けどあれって基本的に、戦っている最中とかの、気を張っている相手にはほとんど効かないはずだけど……」

「我々が気を抜《ぬ》いていたと……!?」

噛《か》みついてきた兵士の一人に、あたしは左右に首を振《ふ》り、

「そーじゃなくて。

術以外の可能性も考える必要がある、ってこと。

そもそもこの貴賓館《ゲストハウス》全体をカバーできる眠りの術《スリーピング》なんて基本ありえないし。

たとえば飲み物食べ物に何か入れられたとか、眠りを誘《さそ》う薬をお香《こう》みたいに使われたとか、それらのどれかと眠りの術《スリーピング》を併《あわ》せて効き目を上げたとか。

そーゆーもので、何か気がついたことってない？」

問えば兵士たちとメイドさんたちとは互《たが》いに視線を交わし――しかし心当たりは無かったのか、誰も何も答えない。

町長はあたしにすがるようなまなざしを向けて、

「……アメリア姫が何かの理由でこっそり抜け出した可能性は……？」

「まあ……ないでしょーね」

と、あたし。

アメリアの性格ならば、街を困らせている賊《ぞく》のことを知って正義の怒《いか》りを燃やすこともあるだろう。ひょっとしたら、成敗《せいばい》、なんぞと言い出すかもしれない。

しかし――

賊の居場所もわからないのに、一人で動く意味はない。

「……なら……やっぱり……？」

町長の声は細くすぼまり消えてゆき。

しかたなく、あたしがその先を宣言する。

「この街を狙《ねら》ってる連中にさらわれた——って考えるのが妥当《だとう》でしょうね」

町長の顔色がますます青くなってゆき、

「だ……だとしたら捜《さが》すしか……自警団を動員して……そうだ、役所の連中にも声をかけて……」

「落ち着いて」

なだめるあたしの言葉も届いているのかいないのか、おろおろと意味の無い動作をくり返しながら、

「いや落ち着いていられんだろこれ！　このままではわしの……どころか、ゼフィーリアとセイルーンの国際問題だぞ⁉」

「たぶんなんとかなるから」

「なんとかなるって言ってもなん…………え？　なんとか？」

町長は二度、三度と瞬《まばた》きをすると、

「なるのか!?」

「たぶん」

「どうやって!?」

「まあ、細かいことをしゃべっちゃうと、そのせいで計算外のことになるかもだから、今はくわしく話せないけど——」

適当なことを言いながら、あたしはぐるりとみんなを見回し、口を開いた。

「待つのよ」

と。


梢《こずえ》を渡《わた》る風の音。

うららかな陽《ひ》ざしに映《は》える緑の連なり。

大きな木の根もとに腰《こし》を下ろして見上げれば、重なり揺《ゆ》れる葉が陽を透《す》かし、刻々表情を変えてゆく。

……これがピクニックか何かだったら、最高の環境《かんきょう》なのだろうが——

「——で、コレ、いつまで待つんだ」

隣《となり》に腰を下ろし、ぽつりとガウリイがつぶやくのに、あたしは即座《そくざ》に、

「いや知んない」

「おいおい……」

さすがにガウリイもげんなりと。

「みんなには適当なことを言って出て来たけど……本当にどうにかなるのか？」

「適当って……いちおー考えてるのよ。こっちは」

と、あたし。

今朝方、アメリア誘拐さるの報を受け、あたしがみんなに提案したのは『いつも通りに過ごすこと』だった。

あわてると向こうの思うツボなので自警団はいつも通り。何かの要求が来る可能性を考えて、ゼフィーリアとセイルーンの兵士たちは貴賓館《ゲストハウス》で待機。

……もちろんこんな話でみんなが納得したわけではなかったが、あたしの案を否定した場合、取れる手段は、だだっ広い森の中を手がかりもなくやみくもに捜す、ということになる。

さすがにそれは不毛すぎると思ってか、みんな半信半疑ながらも従ってくれることになったのだ。

そのあとあたしとガウリイは、昼ごはん用のパンと飲み物を準備。アテッサの街を出ると森の中へと入ってゆき、こうして待っているのだ。

「早ければそろそろ。遅《おそ》くても明日の朝あたりまでにはなんとかなる——と思う」

「思う……って……」

お前さんのことだからいろいろ考えてるんだろうけど——」

ガウリイはあたりをぐるりと見回して、

「街じゃなく、ここじゃないとダメなのか？　待つのって」

言う足下《あしもと》にはコゲた草。

ほかでもない。ここは昨日、あたしたちが賊たちと出会い、戦った場所である。

「もちろん街ってセンもあるけど……やっぱりここかな、って」

「そうかー」

ガウリイはあいづちをうって——

会話がとぎれる。

のんびりとした時間がしばし流れ——

「——よっ」

ガウリイがおもむろに立ち上がったのは、それほど経《た》たないうちだった。

森の奥の方に目をやると、

「お前さんの言った通りだったな」

言われてあたしも立ち上がり、彼と同じ方に目を向ける。

立ち並ぶ木々の奥、こちらに向かい来る影《かげ》二つ。うち一方がこちらに小走りで近づきながら、

「――リナ！　ガウリイさん！」

声を上げたのはむろん言うまでもない。さらわれたはずのアメリア当人。

その後ろから歩み来る、白いローブにフード姿。

「どうなってるんだ？　リナ」

首をかしげるガウリイのことばに、

「話すと長い」

アメリアの後ろから来た白ローブも口を開くと、目深《まぶか》にかぶっていたフードを脱《ぬ》ぐ。

その下から現れた顔立ちは、整っていながらも、肌《はだ》は蒼《あお》く硬《かた》い無機質。銀髪《ぎんぱつ》にも見える髪《かみ》は、揺れる木漏《こも》れ日を受けて金属質のかがやきをちらつかせていた。

ゼルガディス＝グレイワーズ。

かつてあたしやガウリイとは、最初敵として出会った男。後にいろいろあった末、ともに旅をした仲間の一人で、アメリアとも面識がある。

「おー。ひさしぶりー」

かるく手をあげてあいさつするガウリイ。

「久しぶりだな。——ってガウリイの旦那《だんな》、ちゃんとおれのことを覚えてくれてたのか？」

冗談《じょうだん》めかして問うゼルに、ガウリイは気さくな笑顔で、

「なーに言ってんだ。おぼえてるに決まってるだろ！」

「そうか。念のために聞くが、おれの名前は？」

「おぼえてる！」

「……なら、その名前を言ってみてくれ」

言うゼルに、ガウリイはぽりぽり頭を掻《か》きながら、

「いや。そういうのいいから」

「『そういうのいいから』っ⁉」

あまりの発言に、思わずハモるあたしとゼルとアメリアと。

さすがにゼルはやや焦《あせ》り顔で、

「いやちょっと待ってくれガウリイの旦那っ！　まさか本当におれの名前忘れてるんじゃあないだろうな⁉　覚えてるよな⁉　フルネームとまでは言わん！　せめてファーストネ

ーム、いや、略称《りゃくしょう》でもいい！」

必死か。いやまあ気持ちはわからなくもないけど。

対するガウリイは変わらぬ笑みで、

「だからおぼえてるって。心配性《しょう》だよなー。わかったわかった。答えればいいんだろ。リナが」

「あたしに振ったッ!?」

「……これ絶対忘れられているな……」

ゼルのつぶやきにひそんだ絶望の色の深さに、ガウリイはあわててぱたぱた手を振りながら、

「いや今のは冗談だって！　本当におぼえてるって。ゼルなんとかだろ？」

「なんだ……ちゃんと覚えてるじゃないか」

と、安堵《あんど》の表情で。

………………

「――ってゼル？　『ゼルなんとか』で満足なの？」

あたしのツッコミに、しかし彼は泰然《たいぜん》と、

「当然だ」

「考えてみろ。ガウリイの旦那だぞ？　多少でも覚えられているだけ上等だ」

「……いや……ゼルがそれでいいんだったらいーけど……

ともあれ――まずは街に向かいましょ。

こんなところで長話してる場合じゃないし」

一行はアテッサの方へと歩を進めつつ、

「とりあえず……何がどうなっているのか、わたし、全然わかってないんですけど」

とアメリア。

さてさて、どこからどう話したものか……

「じゃあとりあえず順を追って話すけど……

実は昨日、ここの街を狙ってる連中とちょっぴり戦った時に、相手の中にゼルがいることに気づいてたの」

あの時顔は全く見えなかったが、相手は、かつてあたしがはじめてゼルと戦った時とほぼ同じパターンでしかけてきたのだ。

そこでこっちも同じように動いて、相手の正体に気がついた、と意思表示してみせたわけである。

「なんでっ⁉」

「――ゼルが賊《ぞく》といっしょにいるのは、たぶん自分の体をもとに戻《もど》す方法を探してるんだろーな、と思って――」

「さすがにお見通しか」

ゼルは小さく肩《かた》をすくめた。

かつて、あたしたちと出会う前――

彼は、赤法師《あかほうし》と呼ばれる男の下《もと》で動いており、力を求めたその結果、赤法師の手によって、邪妖精《ブロウ・デーモン》、岩人形《ロック・ゴーレム》との合成獣《キメラ》にされたのだ。

今は人へと戻る方法を探して、あてどない旅を続けていたはず。

ならば彼はその目的のため、賊たちの中に入り込んだのだろう。

あたしはそう推測し、いろんなことがはっきりするまで、ゼルのことは誰《だれ》にも話さないでおこうと思ったのだが――

「ところがそこに、セイルーンご一行がやって来た。賊たちは要人を誘拐《ゆうかい》して何かの要求をしようとしてたんだろうけど――」

あたしは、ちらりっ、とゼルの方を見て、

「実際誘拐してみると、ゼルにとっては大びっくり。こともあろうに相手はアメリア。このままだと目が覚めたとたんに暴れ出すのは目に見えている――」

「失礼ですねっ！」

アメリアは小さく頰《ほお》をふくらませ、

「それじゃあまるで、わたしがただの乱暴者みたいじゃないですかっ！」

「――じゃあ聞くけど。

もしも目が覚めたら自分がさらわれてて、まわりが悪党だらけだったら、アメリア、どうした？」

「もちろんっ！」

あたしの問いに、彼女は拳《こぶし》をにぎりしめ、

「正義の鉄槌《てっつい》を下しますっ！」

「一緒だ一緒……」

うんざりとゼル。

あたしは小さく苦笑して、

「――とまあそんな感じでいろいろ台無しになりそうだと察したゼルは、アメリアを助け出すしかなくなった、ってわけ。

もちろん即座《そくざ》に追っ手がかかると考えた方がいい。まっすぐ街に向かえば追いつかれるかもだし、先回りや待ち伏《ぶ》せもありうる。

で――

あたしがそこまで読む、という前提に立てば、二人にはわかって、他の人には見当がつきにくい場所での合流を互《たが》いが目指すはず。

つまりは昨日戦ったこの場所で落ち合う、ってことになるわけ」

「なるほど、そういうことだったんですねっ！」

感心するアメリア。

「なるほどなー」

視線を泳がせつつ、てきとーなあいづちをうつガウリイ。いや、よくわかってないだろあんた。

しかしそこでふとアメリアは小首をかしげ、

「けどわたし、どうやって誘拐されたんですか？　見張りの兵士さんたちもいましたし、たとえ眠《ねむ》っていても悪の気配を感じれば普通《ふつう》目を覚ますはずですし」

そんな普通は無いとは思うが、ことアメリアにとっては普通なのだろう。あえてツッコむことはせず、

「兵士さんやメイドさんたちの話によると、貴賓館《ゲストハウス》まるごと眠り《スリーピング》で眠らされたらしいわよ。アメリアが目を覚まさなかったのもたぶんそれね」

「眠《スリーピング》りって……」

と、アメリアは不審《ふしん》げに。

彼女は白魔術《しろまじゅつ》と精霊《せいれい》魔術に長《た》けている。当然眠《スリーピング》りの性質は知っており、あたしが抱《いだ》いたのと同じ疑問を持ったのだろう。

「――ああ。それなら――」

ゼルが何やら言いかけたその時――

「ちょぉぉぉっと待った」

一行にストップをかけたのはガウリイだった。

アテッサまではまだ距離《きょり》がある。遠い――というほどでもないが、木々に遮《さえぎ》られて街を望むことはできない。

こんなところでガウリイが待ったをかける理由はあきらか。

全員その場に足を止め、視線を木々の奥へと向ける。

気がつけば、ガウリイはいつでも剣《けん》を抜《ぬ》けるよう、柄《つか》に手をかけている。

ほどなく――

森の昏《くら》がりからにじみ出て来たのは影《かげ》一つ。

くすんだ緑の上着とズボンは昨日と同じ。しかし砂色の布は髪と首元を覆《おお》っているものの、顔そのものは隠《かく》していない。

ゼルを探すのにあわてて出て来たのか、もう顔を隠す必要はないと判断したのか——あるいはその両方か。

端整《たんせい》なその顔立ちは、男とも女ともつかないが——

「——どういうつもりだゼルガディス」

問いかけた声は、昨日もあたしがことばを交わした男のものだった。

「こいつはおれの知り合いでな。さすがに見過ごしにはできなかっただけのことだ」

ゼルはしぐさでアメリアを指しつつ、

「それにこう見えて、こいつはセイルーンの王族だ。へたをすれば一国を敵に回すことになるぞ」

「かまわんさ。それでも」

男の即答《そくとう》に——

……はぁぁぁぁ……

ゼルは深いため息をつくと、

「……予想通りの答えだな、テシアス。見境がなさすぎだ」

「貴様が日和《ひよ》りすぎなのだよゼルガディス。

知ったふうな顔で毎度毎度手ぬるいことばかり。

これまで顔を立てて耳を傾《かたむ》けてやったが、それで結局はこのありさまか」

——普通ならここは、二人が話をしているスキに、横から攻撃呪文《こうげきじゅもん》でしれっとテシアスとかゆー相手を吹《ふ》っ飛ばすところだが、しかしあたしは動かない。

話をさせて情報を引き出したい——というのもあるが、何よりも、相手の陣容《じんよう》が摑《つか》めないのが大きな理由。

あたりの森にはうっすらと何者かの気配が溶《と》け込んでいる。だがそれが何人なのか、どこにいるのか、あたしにもわからない。

この状況《じょうきょう》でテシアス一人を吹っ飛ばすのは、効果が薄《うす》い上に、残った相手の神経を逆ナデするだけである。

「とはいえ——だ」

テシアスはため息混じりに、

「貴様の勝手は気に入らんが——気に入らんというだけの理由で、貴様と潰《つぶ》し合うのも無意味だ。

そこで、だ。

こちらの話を吞《の》むのなら、貴様と、その連中のことは見逃《みのが》してやってもいい」

……ありゃ？　話の風向きが変わってきた？

「お前にしては物わかりがいいな」

警戒《けいかい》は解かぬまま、皮肉交じりにゼルが言う。

対するテシアスは小さく肩をすくめて、

「貴様を潰したからといって、我々の目的が叶《かな》うわけでもないからな」

「──で、条件は？」

「まず我々の邪魔《じゃま》をしないこと」

淡々《たんたん》と、落ち着いた口ぶりでテシアスは言う。

「これは条件というより、それ以前の大前提だ。

この点に関しては異論はあるまい？　邪魔はするが見逃してほしい、などという話に応じる者などいないだろう。

邪魔はしない上で、こちらの条件を語るその前に──」

木《こ》の葉《は》を揺《ゆ》らす風音に、平板なテシアスの声が流れる。

「ゼルガディス、貴様はすでにおおむね知っているとは思うが、あらためて我々の目的を話しておく。誤解があっては困るし、こちらの目的を知らぬままでは判断のしようがない部分もあるだろう──」

木の葉のさざめきが遠く近く――

その瞬間《しゅんかん》。

風裂《さ》く鋭《するど》い音を立て、ガウリイが剣を抜き放《はな》つ！

「――なにを……!?」

大きく退《さ》がり声を荒《あら》らげるテシアスの表情には驚愕《きょうがく》の彩《いろ》。

「……ちょっ……！　ガウリイ！　いきなりどういうこと!?」

一気に眠気《ねむけ》が吹っ飛んで、あたしは思わず声を上げ――

…………眠気が吹っ飛んで？

「何をした」

テシアスに鋭いまなざしを向けて問うガウリイに、

「……気づいただと……!?」

動揺《どうよう》をあらわにするテシアス。

「――え――？　どういうことです？」

「たぶん――眠りの術《スリーピング》よ」

とまどうアメリアに答えたのはあたし。

「歩み寄るような話でこっちの気をゆるめて、離《はな》れたところにいる誰《だれ》かが眠り《スリーピング》で眠らせようとした……ってところね……」

それに気づいたガウリイが剣を抜き、生まれた緊張《きんちょう》で術は効果を発揮できなかったようだが——もしそれがなければ、いきなり熟睡《じゅくすい》は無いにしろ、徐々《じょじょ》にモーローとなっていたおそれはある。

「気を抜いてたつもりはないんだけど……」

実際のところ、術がかかりかけていたのは事実。

「——そういうことか——油断するな！」

と、ゼルガディス。

「相手の使う術は別物だと思え！

テシアス！　珍《めずら》しく神妙《しんみょう》なことを言うと思ったが——そういうことなら決裂《けつれつ》だ！」

「——ちっ！」

テシアスは舌打ちすると後ろに大きく跳《と》び退《さが》り、同時に彼の背後のしげみから、人影が四つ、浮《う》かび出る。

風が鳴る！

現れた影たちが、あたしたちに何かを投げた——その瞬間。

「魔風《ディム・ウイン》っ！」

ごうっ！

おそらくあたしとゼルが話をしていた間に呪文《じゅもん》を唱えていたのだろう。アメリアが術を解き放つ！

強風を吹かせるだけの術である。が、距離を置いて投げ放たれた何かの軌道《きどう》を乱すには十分。

大半は吹き散らされ、それでも風を貫《つらぬ》いて飛び来たいくつかは――

ききんっ！

ガウリイが剣の刃《やいば》をひるがえすと、はじかれ、あたりの地面にむなしく落ちる。視界の隅《すみ》でとらえたそれらは、暗い色をしたナイフのようなもの。

出現した四つの影が、テシアスをフォローするかのように前に出、なお向かい来る。

あたしとゼルは呪文を唱え――

「フォゴゥル」

わずかに早くテシアスが何かの術を発動させた。あたしの知らないもののようだが――

ぶぁっ！

音と圧すら感じさせ、ひろがる白が視界を埋《う》める！

霧《きり》か⁉　おそらく煙幕《えんまく》のつもりだろう。テシアスの姿が煙《けむ》りかすんで――

「炎の矢《フレア・アロー》！」

ゼルが唱えた術を解き放つ！

生まれ出た十数本の炎の矢が、漂《ただよ》う白を裂き貫――

――かなかった。

霧が渦巻《うずま》き、生まれた炎にまとわりつくと、音もなくすべての炎の矢が霧散《むさん》する！

呪文の相互干渉《そうごかんしょう》⁉

術と術とが干渉し合ってうち消したか！

だがそれにしては、あたりの霧は変わらずそのまま。

「なにっ⁉」

ゼルの驚愕の声に重なって――

「氷の矢《フリーズ・アロー》！」

今度はあたしが唱えた術を解き放つ！

ゼルがたった今しかけた炎の矢《フレア・アロー》の、いわば氷バージョン！

今度は消えることもなく、十数条の冷気の矢はテシアスに向かって突《つ》き進む！　当たれば冷気がはりついて、よくて凍傷《とうしょう》、悪くて凍結《とうけつ》。どちらにしろ確実に動きを鈍《にぶ》らせることテシアスの唱えた強風の術に、冷気の矢は吹き散らされる。――こいつっ！　呪文の詠《えい》唱《しょう》が早いっ！

「魔風《ディム・ウィン》」ができる。が――

だがしかしっ！　その時すでにガウリイが、あたしの放った氷の矢《フリーズ・アロー》のあとを追うかのように駆《か》け、テシアスへと肉薄《にくはく》している！

彼が相手を間合いにとらえるより先に――

「――ジグロゥス――」

テシアスの後ろから別の誰かの声。同時に――

下から上へ、いまだ薄白《うすじろ》い視界を何条《いくつ》もの線が奔《はし》る！

――何だっ⁉

まるで突き出された長槍《ちょうそう》のような影。しかし高く高く伸《の》びきったそれらは、やがて弧《こ》を描《えが》き覆《おお》い被《かぶ》さるかのように、あたしたちに向かって落ちて来る。

『――っ！』

あたしとゼルとアメリアは、驚愕の声を噛《か》み殺し、迫《せま》るそれらから身をかわす。

視界の隅ではガウリイも、そのうち一つとぶつかりそうになり、足を止めて手にした剣《けん》を一閃《いっせん》！　迫る何かを三つに四つに断ち切ってみせた。

下から伸び上がったそれらは、からめ捕る獲物《えもの》を探すかのように暴れ、はね回る。槍というよりムチとか触手《しょくしゅ》のようなものなのだろうか。見ればそれらは、さきほど連中が投げつけてきた、ナイフのような何かから伸びている。

ナイフを媒介《ばいかい》にして術を使い、触手を生み出したのか!?

またまたあたしの知らない術!?

妙《みょう》な違和感《いわかん》をあたしは抱《いだ》く。

もちろんあたしも、世界中の術をみんな知ってるわけではないが——それにしても、型から外れすぎているというか異質な感じがする。

だが今は、術の正体探りはあとまわしっ！

アメリアが一歩横に踏《ふ》み出すと、

「烈閃槍《エルメキア・ランス》っ！」

放った術の狙《ねら》いはテシアス！

だがテシアスもおとなしく当たってくれるはずもない。大きく後ろに退がるとたやすくかわしてのけた。

一撃《いちげき》は、かわしたテシアスの前をかすめて通り過ぎ——その背後、人影のうち一つに突き刺《さ》さる！

アメリアがわずかに位置を変えた理由がこれ。

二人を同一射線上にとらえ、たとえテシアスが身をかわしても、向こうにいるもう一人が狙える。しかもその相手からはテシアスが壁《かべ》となり、直前まで術の軌道が見えない。

直撃を受けた影《かげ》がゆらりとかしぎ――

音もなく四散した！

「――えっ⁉」

アメリアが上げる驚愕の声。

彼女が今放ったのは、相手の精神にダメージを与《あた》える術。人に当てればケガをさせることなく、普通《ふつう》は気を失わせる。

とーぜんながら、当たった人がこなみじんになるような術ではないのだが――

テシアスはなおも退がりつつガウリイとの距離《きょり》を取り、かわりに残った三つの影が前に出る。

そこに、あたしの次の術！

「黒妖陣《ブラスト・アッシュ》っ！」

どぅむっ！

低く響《ひび》く音を立て、生まれ出た黒い球体が呑《の》み込んだのは、テシアスでも影でもなく、少し離れた位置の木の幹。

高さは人のひざあたり。黒は幹の片端《かたはし》だけを残してひろがると消え、その部分をごっそりとえぐり消す。

支えを無くして木はかしぎ――

みぎみぎみきみざじゃぁぁぁぁぁっ！

きしんで木の葉を鳴らしつつ、倒《たお》れ込んだのは迫る三つの影の方！

影たちがあわてて身をかわしたところを各個撃破《げきは》――の、つもりだったのだが――

彼らはよけるしぐささえ見せずに押しつぶされ――そのまま、ずるりと再び人のような姿を取って、何事もなかったかのように進み来る！

――何だ!?

もちろんこんな動き方をするのが普通の人間のわけはない。

最悪、その正体は純魔族。

精神生命体たる純魔族なら、精神にダメージを与える術で四散するのも、木にのしかかられた程度では何の痛手も受けないことにも説明がつく。

だがしかし。あたしも純魔族と戦ったことは何度かあるが、それとは気配というか空気が違《ちが》う。

ともあれそれらが生身の人間ではないと、皆《みな》が悟《さと》ったその瞬間《しゅんかん》。

「オルグロゥズ」

誰かの遠い声とともに、今度は三つの影から無数の触手が伸び、迫る！

かわしきれる本数と密度ではない！

だがっ！

ゼルガディスがその場にひざをつき、片手を大地に押し当てて、

「地撃衝雷《ダグ・ハウト》！」

呪文に応《こた》えて大地が動く！

平らな地面は瞬時に形を変え、土砂の槍と化し天を衝《つ》く！

発動した場所はあたしたちと影との間！　大地の槍は彼我《ひが》を隔《へだ》てる柵《さく》となり、向かい来た触手のほとんどを受け止める！

大地の精《ベフィモス》に干渉し、あたりの地面の形をコントロールする術である。もともとは攻撃《こうげき》に使うつもりだったのだろうが、とっさにそれで防御《ぼうぎょ》したのだ。

伸び来た触手の大半は、大地の槍に阻《はば》まれ、裂《さ》かれ、からみつく。それでも何本かはすり抜《ぬ》けて来るが、数を大きく減らしたそれらをあしらうことはむずかしくない。

視界の隅でガウリイやゼルが触手を剣で切り払《はら》い、アメリアが身をかわすのをとらえつつ、あたしは鞘《さや》ごとショート・ソードを外して、向かい来る一本をうち払う。

間近で目にしてわかったが、質感は動物というより植物っぽい。ならば触手というよりツタのようなものか？

敵味方の間に大地の槍で柵ができたようなものである。これで相手の動きは制限されるが、こちらもまっすぐ前には向かえない。

「左へ！」

あたしは声を上げ、一同一斉《いっせい》に左に駆ける。

さきほどツタを放ってきた影たちも、こちらを追うようにまわり込んで来るが――

「烈閃槍《エルメキア・ランス》っ！」

アメリアがさきほどと同じ術を放ち、追い来る影の一つを撃破！　それでも残る二つの影はひるむふうもなく変わらぬペースで向かい来る。

一方テシアスは追撃《ついげき》してくる様子を見せず、その姿は霧の向こうに霞《かす》み埋もれてはや見えない。

退《ひ》いたのならばそれで良し。テシアスたちをここで倒せたなら上出来だが、今のこちらの目的は、アメリアを街まで無事連れ帰ることである。

あたしたちは大きくまわり込むように移動し――

――殺気が迸《はし》る。

風切り音はわずかに遅《おく》れて左から。

弓矢か⁉

そう悟ったときにはすでに――

ぎんっ！

あたしが反応するより先に踏み込んできたガウリイが、飛び来た矢を剣でたたき落としていた。

狙われていたのはあたしらしい。ガウリイのカバーがなければ、果たしてかわせていたかどうか――

おそらくテシアスとは別に、横手に回り込んでいた弓使いがいたのだろう。

しかしこの霧で視界が悪い中、どうやってこっちを狙ったのか？　この戦い、何かいろいろ勝手が違う。

ともあれ今はここを切り抜けることに集中すべしっ！

ゼルがやはり烈閃槍《エルメキア・ランス》を放ち、いまだ追い来る影をさらに一つ撃破するのを横目に、あたしは呪文《じゅもん》を唱え――

「火炎球《ファイアー・ボール》っ！」

狙いはもちろん矢の飛び来た方！

生まれた光球は宙をゆき、何かに触《ふ》れると爆裂《ばくれつ》し、あたりに炎《ほのお》をまき散らす！　射手の姿は見えないが、近くに炸裂《さくれつ》するだけで、じゅーぶん牽制《けんせい》になるはず――

だった。

が。

生まれた光球は進むより早く、まわりの霧《きり》にまとわりつかれてかき消える！

――ぞわりっ。

あたしの背筋に悪寒《おかん》が奔る。

悟ったのだ。

白い霧の正体を。

目くらましの煙幕《えんまく》用ではない。さきほどゼルの術を消したのも、たまたま呪文の相互干《そうごかん》渉《しょう》が起きたからでもない。

これは――

火炎系魔術を発動阻止するための術なのだ。

視界の低下はおそらく単なる副産物。

だが可能なのか⁉　そんなことが⁉

相手の使う術は別物。ゼルがさきほどそう言っていたが、いくらなんでもこれは――

ふたたび殺気。おそらく弓矢使いがまたこちらを狙っているのだ。

と、その時。

ガウリイが剣を左手に持ち替《か》えて、右手を無造作に振《ふ》り――

「――がっ⁉」

苦鳴は弓矢使いのひそむ方から。

――って――

「当てたの⁉」

何が起きたのか理解して、さすがに驚《おどろ》きの声を上げるあたし。

おそらくガウリイが、つぶてか投げナイフを相手に当てたのだろうが――

ありえない。

相手は霧に隠《かく》されて、姿さえ見えなかったのだ。ましてや弓矢の飛距離《ひきょり》と手投げの飛距離は全く違う。

しかしガウリイはこともなげに、

「当たったみたいだな」

「そんなことできるんですかっ⁉」

アメリアも驚きの声を上げるが、やはり彼は当たり前のよーに、

「矢が飛んできた方に投げただけだから」

いやいやいやいやいや。

ガウリイが剣士《けんし》として超絶《ちょうぜつ》級だとゆーのは知っているつもりだが、さすがにこれはびっくりである。

——もちろんあたしたち以上に、相手も驚いているだろうが。

この機になんとか——

思った瞬間。

とーとつに、全く何の前ぶれもなく。

霧が——消えた。

一気に視界がクリアになる。

「——なにっ⁉」

テシアスが驚愕《きょうがく》の声を上げた。

霧が晴れたそのあとには、立ち並ぶ大地の槍《やり》、それに巻き付く緑のツタ。なおも迫《せま》り来る人影《ひとかげ》に、かなり距離《きょり》を置いたテシアス。

「何をした⁉」

焦《あせ》りの色を見せるテシアスに、あたしは余裕《よゆう》の表情で、口の端《は》に笑みすら浮《う》かべ、

「教えるとでも？」

と、余裕の応え。

――実のところ、もちろんあたしも、なぜ霧が消えたのか、ぜんぜんわかっていないのだが、ここはハッタリをかますところである。

そのタイミングで。

「烈閃槍《エルメキア・ランス》っ！」

ゼルの術が、いまだ向かい来る人影に突《つ》き刺《さ》さる！

とたん――

ざぁっ！

影はたちまち四散して、無数の木の葉やからまったツタとなり果てた！

これは――植物を魔力《まりょく》でコントロールして動かしていた、いうなれば植物人形《プラントゴーレム》とでも呼ぶべきものか。

――木でできたウッドゴーレムというのは知っているが、葉やツタの集合体というのははじめて見る。

「──テシアス！　退くぞ！」

声は弓使いがいたとおぼしき方から。目をやれど、そこにはただの緑の連なり。よほどうまくカモフラージュしているのか、それともどこか物陰《ものかげ》にいるのか。

「──ちっ！」

テシアスは舌打ち一つを残すとすばやく手近な木の陰に。

「逃《に》がすかっ！」

あたしは大きく声を上げ──もちろん追わない。

ここでただ見逃《みのが》せば、こっちも楽ではないと白状することになる。ことばだけでもハッタリをかまして、自分たちが不利だと思わせる！

他のみんなもあたしのやり方は心得たもの。意図を察して動かない。

ほどなくあたりから敵の気配は完全に消え──

「──どうやら退いてくれたようだな」

ゼルが安堵《あんど》の吐息《といき》をつくと、手にした剣を鞘へとおさめ、それがひとまず戦いの終わりとなった。

「しかしリナ、どうやってあの霧を消した？」

「あたしじゃないわよ」

ゼルの問いにあたしは小さく肩《かた》をすくめる。

テシアスは、まるで誰《だれ》かに消されたかのような口ぶりだったが——

「ならどうして——？」

小首をかしげるアメリアに、あたしは不敵な笑みを浮かべて、

「いーから出て来なさいよ」

と、声をはり上げる。

もちろんこれもまた、本当に誰か出て来たらもうけもの的なダメモト発言。とーぜんそこはみんなもわかっていて、あたしの方をただ見るだけ。

「——で——」

アメリアはあたしの方を眺《なが》めつつ、

「そっちの方は？」

「そっち？」

あたしはつられてふり向いて——

目の前にアライナの顔。

「のみゃっ⁉」

「……⁉」

あたしが思わず声を上げると、それに驚いたか、アライナも口をあわあわ動かしながらしりもちをつく。

おにょれアライナっ⁉　このあたしに気配も無く至近距離まで忍《しの》び寄るとはっ⁉

「なんでここにっ⁉」

思わず問うのに、彼女は左右の襟《えり》についたボタンのようなものに触れて、何やらぼそぼそとつぶやく。

――あ。レグルス盤《ばん》。

そーいや彼女、あたしが渡《わた》したレグルス盤を良心価格で買い取ったけど、それをボタンのよーに襟につけたようである。

つぶやいたのは、たぶん起動の呪文だろう。

『あれだけ森がざわついていれば』

と、立ち上がりながら、答えになっているのかいないのかわからない返事。エルフの感覚でなら異変とその場所を察知できる、ということだろうか。

「けど、このタイミングで出て来たってことは、あの霧みたいなのを消したのはあんたってこと⁉」

『……ええまあ』

あいまいに応《こた》える様子を見て、

「――エルフか⁉」

ゼルが上げた声には、なぜか緊張《きんちょう》の色。

「そーだけど……どうしたの？」

「……そういえばまだ言ってなかったな……」

尋《たず》ねるあたしに、ゼルは警戒《けいかい》のまなざしをアライナに向けたまま、

「テシアスたちは――この森から人間を追い出そうとしているエルフの集団だ」

「エルフの――⁉」

『知ってます』

あたしの声に半ばかぶって響《ひび》いたのは、アライナのことばだった。

『わたしは――そんな彼らを止めるためにここに来たんですから――』

最初はどなり声だけが続いた。

――まあ、当たり前といえばあたり前。

セイルーンの王族兼《けん》使者のアメリアがさらわれるとゆー国際問題レベルの大事件が起きて、それを、あたしとガウリイがてきとーなことを言って探しに行き、本当にさらっと連

れ帰ってきたのだ。

ゼルガディスという見た目怪《あや》しいおまけもつけて。

町長にマクライルさん、セイルーンの警護隊長に貴賓館《ゲストハウス》常駐《じょうちゅう》のゼフィーリア正規兵隊長さん、たしかランダとかいった自警団員その一にメイドさん他なんか数名。

さらにくわえてあたしたち——四人とアライナ。

そんな面々が貴賓館《ゲストハウス》の一室——アメリアの部屋に集まり立ったまま、

「そもそもの責任は！」「緊張の欠如《けつじょ》がこんな事態を！」「何の権限が!?」「スコーンにサワークリームは!?」「日頃《ひごろ》の心構えというものが！」

質問、文句、グチ、説教。誰が誰に向かって言っているのかよくわからない声が、右へ左へ交錯《こうさく》する。

しばし適当に叫《さけ》ばせておいて、みんながちょっぴり叫び疲《つか》れて来た頃を見て、あたしは、
ぱんっ！　と両手をうち鳴らし、

「さて。そろそろ順を追っての状況《じょうきょう》確認したいんだけど、いい？」

「なんであんたが仕切るんだ！」

町長が不機嫌《ふきげん》な声を上げるが、

「ではわたしが仕切らせていただきます」

凛《りん》とした声を上げたのはアメリアだった。

——あたしのきっかけで彼女が場を仕切るよーに、との打ち合わせは、この街に戻《もど》る途《と》中《ちゅう》に済ませてある。

彼女はぐるりと部屋じゅうを見回しながら、一人一人の目をしっかり見て、

「現在まず必要なのは状況の確認。

次に、それを踏《ふ》まえて今後相手がどう出るかの予測と対策。

質問や意見は逐次《ちくじ》受け付けますが、非難や責任追及《ついきゅう》はこの場では禁じます。その上で、わたしの誘拐《ゆうかい》に関する警備の責任はすべて不問とします。いいですね」

このへんはさすが王族。まっすぐなまなざしできっぱり言われると、威厳《いげん》のようなものさえ感じる。

警備の責任不問と言われれば、町長さんやら隊長さんたちも黙《だま》るしかない。そうなると自警団の面々も口をつぐむ。

沈黙《ちんもく》が生まれたその瞬間《しゅんかん》に、

「スコーンにサワークリームはおつけしますか？」

「たっぷりめでおねがいしますっ！」

アメリアが威厳たっぷりに答えると、メイドさんたちはてきぱきと、人数分のイスとテ

ーブルを用意しはじめた。

アメリアにうながされて全員が着席すると、香茶《こうちゃ》とスコーンが並べられ——

「では——最初に紹介《しょうかい》します」

アメリアは、しぐさでゼルの方を指し、

「わたしの私設潜入捜査《せんにゅうそうさ》員、ゼルガディスさんです」

「……私設……潜入捜査……」

誰かのつぶやき。

みんながわずかにざわつくが、かまわずアメリアは続ける。

「国家や軍隊、そういった大きな組織の力は正義のために必要です！

が、それでは手の届かない部分が出てくるのも事実っ！

そこでわたしは彼に、セイルーン周辺のさまざまな個人や組織の動向を探るべく、自由裁量での潜入捜査をおねがいしていたのです！」

もちろんこれまた、街に戻る道すがら、あたしが入れ知恵《ちえ》——もとい。提案した説明である。

言うまでもなく嘘《うそ》八百。

まっ正直に本当のことを全部話せば、町長さんたち街の面々がゼルを責め、場合によっては捕《つか》まえるという流れになるだろう。

たとえどんな事情があり、結果としてこちらについたとはいえ、彼はアテッサの街にちょっかいをかけていた集団の一人だったのだから。

しかしおそらく今は、味方うちで誰が悪いだの何だのと言っている場合ではないし、戦力としてもゼルを失うわけにもいかない。

彼をかばう形になるが——そこはあとで、知識戦力労力金銭もろもろで返してもらう方向で。

れーせーに考えたらいろいろ無理のある説明である。私設の捜査官に国外での捜査権限があるわけないだろ、とか。

しかし誘拐の被害者《ひがいしゃ》であり王族でもあるアメリアに、きっぱり断言されると、さすがに誰も口をはさめない。

彼女は続ける。

「今回、わたしをさらった組織に彼が潜入していたのは、偶然《ぐうぜん》ですが僥倖《ぎょうこう》でした。それではまず彼の方から、組織のことを説明してもらいます」

コホン、と小さくせき払《ばら》いして、

「なお彼には、何かの折にわたしのことを敬称《けいしょう》付きで呼んだりしないよう、日頃から呼び

捨てを頼《たの》んでいます。説明の中でもそうなりますが、咎《とが》めは無用です」

——これをアメリアの口から最初に言っておかないと、ゼルがアメリアを呼び捨てにした場合、町長さんや兵士さんたちは立場上、文句を言わなければならなくなってしまう。このへんはアメリアにとってもまわりにとってもめんどくさいところだが、王族という肩書きについて回るものなのだろう。

「ではおれから」

場を譲《ゆず》られたゼルガディスは口を開く。

——ざっくりとしたことは街への途中であたしたちも聞かされたが、細かいところはまだである。

さてさて、どんな話が飛び出るか——

「相手の組織の名は『フォレストハウンド』。

テシアス＝クロサイスという男をリーダーとするエルフの集団だ。

支持者や賛同者はそれなりにいるようだが、中心になって動いているのはおそらく五、六人ほど。

彼らの目的は、この街から人間を追い出して、昔はエルフのものだったセルセラス大森林を取り戻すこと——らしい」

「……エルフ……？」「セルセラスを……取り戻す？」

何人かがつぶやいて——彼らの視線は自然と、エルフのアライナの方に向く。

皆《みな》の視線を受け、彼女は音も無く悠然《ゆうぜん》と席を立ち、悠然としゃがんでテーブルの下に身をかくす。

『…………………』

その反応に、勝手知ったるあたしやガウリイほか数名を除き、ゼルやアメリアをはじめとする一同はことばを失くし——

「……あー。」

マクライルさんは気まずげに、

「彼女、すごく人見知りするんで、あまり注目しないであげてもらえますか？」

瞬間。

全員がどこかめんどくさそーな表情を刹那《せつな》浮《う》かべてから、視線を戻し、

「待ってくれ。エルフの集団って言うけど——」

自警団員その一ことランダが口を開く。

「本当なのかそれ……？　だったらなんであんたは仲間になれたんだ？　まさか……あんたもエルフ……なのか？」

「いや」

ゼルは小さく肩《かた》をすくめて、

「いろいろあってこんな見た目だが一応人間だ。

おれは昔、連中のリーダー、テシアスと出会ったことがあってな」

赤法師《あかほうし》の下《もと》にいた時にでも会ったのだろうか。あくまであたしの想像だが。

「奴《やつ》が今いる『フォレストハウンド』が何かおかしな動きをしている、という噂《うわさ》を聞いて、そのツテで接触《せっしょく》した。

ダメでもともとのつもりだったが、案外あっさりと入れてくれてな。

――どうやら向こうは、汚《よご》れ仕事を押しつけて、いざとなったら切り捨てるつもりだったようだが。

実際、街で辻斬《つじぎ》りの真似事をやって来い、などと言われたこともあったぞ。無論理屈《りくつ》をつけて断ったが」

「……辻斬り……」

町長は顔を青ざめさせる。

「何かにつけて連中の行動を抑《おさ》えるように誘導《ゆうどう》したつもりだったが――

それが歯がゆかったんだろうな。オレには一言の相談もなく、街に来たセイルーンの要人、アメリアを誘拐して来た」

と、ゼル。

「人質《ひとじち》として何かの交渉《こうしょう》材料にでも使う気だったのか、あるいは国際問題を引き起こしてここでゼフィーリアとセイルーンに戦争でも起こさせる気だったのか——何にしても見過ごしにはできず、救出した、という次第だ」

「……戦……争……」

町長の顔はますます青くなるばかり。

「け……けど、なんでだ？　なんで今なんだ？

いや、わしも、この森にずっと昔はエルフが住んでいた、ということくらいは知っている。しかし人間に森の管理を託《たく》して去った、と聞いているぞ。

木を伐《き》れば、かわりに苗《なえ》を植える、というこの街の慣習も、その時の約定《やくじょう》に則《のっと》ったものだと伝えられておる。

仮にそれで何かの不満があったとしても、ここ何十年、ひょっとするとそれ以上、特に何もなかったというのに。

なんで今この街にちょっかいをかけて来る——？」

「それに関してだけど——」

おもむろにあたしは口を開く。

みんなの視線がこちらに集まったのを確かめてから、

「そのまま視線は動かさないで。

それに関しては、注目されるとしゃべれなくなる人に話してもらうのが一番早いと思うから。くれぐれもそっち見ないで」

全員の顔にまたまた一瞬、めんどくさそーな色が浮かんで消えて――それでも全員、あたしに注目していることを確かめてから、

「アライナ、説明頼める？　誰《だれ》も見てないから」

『……本当に見てませんか……？』

「見てないから。」

『……見てたら走って逃《に》げますよ……？』

いやもうそれ人見知りとかいうレベルじゃないし。

こちらを見つめるみんなの顔に浮かんだめんどくさそーな色が、今度はいつまでたっても消えない。

「だいじょーぶ。

――で、あなたは、テシアスたち『フォレストハウンド』のことを何か知ってるっぽか

ったけど——」

『どこから話すべきか……

かつてこのセルセラス大森林はエルフの住む場所でした。

そこに人が暮らし始めて、最初は共存していたのですが、人が木を切って鍛冶《かじ》をやりはじめた頃《ころ》から風向きが変わりました。

エルフにとって森は大切なもの。とはいえ人も営みをやめるわけにはいかず。

ごたごたした時期もありましたが、伐採《ばっさい》したぶんを植樹することを条件に、エルフは森の管理を人に任せることになりました。

それが今から百五十年ほど前のことです』

「——百五十——」

誰かが呆然《ぼうぜん》とつぶやく。

『けれど全員がその決定に納得したわけではありません。反対し、森をエルフの手に取り戻《もど》そうと主張する一団もいました。

それが彼らです。

とはいえ規模から考えて、何か大それたことができるはずもない。わたしたちの一族はそう考えていました。

それほどの力もない上、へたなことをすれば、人ともエルフとも対立することになるのですから。

実際、ごく最近まで彼らは形だけの集団でしかなかったのです。

ところが――

最近、リーダーが替《か》わり、彼らが過激化しているという話が聞こえてきたのです。

もしそれが真実で――さらにもし彼らが、人間を害するようなことをすれば、彼らと人のみならず、人間とエルフの間に諍《いさか》いが起きる危険があります。

そこでわたしがこの街に派遣《はけん》され――大事になる前、できれば彼らの正体がエルフの集団だと判明する前にことを収めたかったんですが……』

なるほど。アライナは、街を狙《ねら》うのがエルフだとバレる以前にテシアスたちを自分でなんとかしたくて、あたしとガウリイが自警団に協力するのをイヤがっていたわけか。

……もっとも、仮に彼女があたしたちより先に連中と接触できていたとしても、この人見知りっぷりからすると、説得できたとは思えないが……

「つまりは領土狙いということだな」

と町長。

「だが仮にこの街を奪《うば》ったとしても、そんな少数で街一つ、ましてやこの広い森を管理することなぞ――」

『領土狙い、というのとは少し違《ちが》います』

アライナが言う。

『支配して資源を活用するつもり――ではなく、どう説明したらいいのか……

エルフにとって、森というのは少し特別な所なんです。

その特別な所を、人間が勝手にいじくっているのが我慢《がまん》ならない、と思う者は少なくありません。

伐採したぶんを植樹、という約束の上で管理を人に任せたとはいえ、伐採自体がエルフにとっては面白《おもしろ》いことではありませんし、植樹をする、という部分をないがしろにしている人間もいます。

約束が違う、と感じる者もいるでしょう』

説明に町長は困惑《こんわく》した顔で、

「……いや……まあ確かに、植樹を怠《おこた》る者もいるから約束が違う、と言われればそうなのかもしれんが……

全く植樹をしていないわけでもないし、それであなたがたエルフに直接何かの害があるわけでもないだろうに……そんなことのために、こんな大事をやらかした、と……？」

『エルフにとっては、そんなこと、では済まないんです』

アライナの説明に、町長はますます眉《まゆ》をひそめ、

「……？　と、いうと……？」

『そこは――どう説明すればいいのか……

言葉では語れないところなんですが、エルフにとっては黙《だま》って見過ごしにできない、というか……』

「いやしかし、説明できないけれどわかってくれ、と言われても――」

「――ま、あるわよ。そーゆーことって」

困るアライナに、あたしは横から助け船を出す。

「たとえは悪いけど――

魔族《まぞく》、って、みんな知ってるわよね？

生きとし生けるものたちの天敵、全ての滅《ほろ》びを望むもの――って。

けど考えてみて？　なんで魔族は滅びを望んでるの？

もしも魔族に、なぜそんなことを望むのか理解できない、理由を説明しろ、って聞いたら、たぶんこんな答えが返ってくるんじゃないかな、ってあたしは思ってるの。

こちらからすれば、なぜお前たちが滅びを望まないのか理解できない。説明しろ――と。

滅びたくないから、としか言えないわよね？　コレ。

なぜ滅びたくないのか、とまでツッコんで聞かれたら？

――こんなふうに、どうやってもわかりあえないことや、説明しきれないこと、っていうのはあると思うの。

けど、たとえ完全にわかりあうことが不可能でも、わかろうとすることはできるし、わからないけどそういうものだと認識する、ってことはできるはずよ。

たぶんエルフの森に対する思いも、そんなかんじのものだと思うの。

つまり大事なのは、エルフがなぜ森を大事にしてるかを理屈でわかることじゃなくて、エルフが森を大事にする気持ちを持っている、って知ることよ」

「……うーむ……」

納得したのかそうでもないのか、町長は、アライナが身をひそめるテーブルの方に刹那《せつな》だけ視線を送り、

「森へのエルフの気持ちはそういうものだとしても……だがそれにしても……百五十年も前のことをなぜ今……？」

『百五十年――

あなたたち人間にとっては生まれる前の話ですけれど、寿命《じゅみょう》の長いわたしたちエルフな

ら、その頃から今まで生きている者も少なくありません。

年長者にとっては、若い頃、子供の頃の話です。

そういう意味では、今さら、というほど時間が経《た》っているわけではないのです。

ただ、テシアスたちがなぜ最近になって実力行使をはじめたのかは、リーダーが替わったから、という他にも何か理由がある気がします』

「そこは同感だ」

とゼルガディス。

「テシアスは勝算も無く行動を起こすタイプじゃあない。何かのきっかけがあって、この街への実力行使をはじめたのだろう。

ただそうなると、今の状況《じょうきょう》は警戒《けいかい》が必要だ」

「彼らが本格的に動く、と？」

マクライルさんの問いにゼルはうなずいて、

「テシアスたちがこう見る可能性はある。『ことあるごとに、大きな動きをするな、と言っていたゼルガディスは裏切り者だった。ならば、裏切り者の主張の逆をやること――我々が今大きく動くことこそが相手にとっての痛手のはずだ』と」

「け……けどエルフっていうのは……もっとこう、おとなしいっていうか紳士《しんし》的っていうか、戦い を嫌《きら》う種族……なんだろ……？」

ランダの声は揺《ゆ》れている。

確かに、テシアスたちのやりかたは、ふつーの人が抱《いだ》いているエルフのイメージ像とはかけ離《はな》れているのかもしれない。

あたしなんかも、ちょっと前はエルフと力を合わせて魔族と戦ったこともあるのだ。それが今度は、エルフを相手に戦うというのは、いろいろ思うところもあるが——

「人間にだって善人もいれば悪人もいるでしょ」

横からあたしは口を出した。

「ならエルフにも、まともな奴《やつ》もいれば悪党も、ごたごたを嫌う奴も望む奴もいる、ってことよ。

あ、そうそう。体力や腕力《わんりょく》はエルフより人間の方に分《ぶ》がある——ってイメージを持ってるひとも多いだろーし、間違いってわけじゃあないんだけど、それはあくまで平均すれば、の話だから。

力や体力もあるエルフだっているでしょーから、くれっぐれも甘く見ないよーに。

特に魔力面では……むしろそーとーヤバい相手だと思った方がいいわね。

たとえばアメリアがさらわれた夜——

貴賓館《ゲストハウス》のほぼ全員が眠《ねむ》って目を覚まさなかったのも、眠り《スリーピング》の術がエルフの魔力で極度に強化されたものだったから、と考えられるわ。

人間の魔道士が使った術だったら、これだけの広範囲《こうはんい》をカバーするのは無理だろーし、ある程度気を張っている警備の人まで眠らせるのはむずかしかったでしょーね。

他のいろんな術にしたって、人間の魔道士が使う同じ術より確実に強力だろうし、まるっきり知らない術を使ってくることも考えられる。

現にアメリアと合流して、この街に戻る途中《とちゅう》、連中と出会って小競《こぜ》り合いになったんだけど――

火炎《かえん》系の術を無効化する術や、投げナイフみたいなものからツタを伸《の》ばす術なんかも使ってたわね。

――えーっとアライナ、そんな術に心当たりある？」

『そうですね……火炎系の術をうち消したのは、森林火災を消す術をアレンジしたものですね。投げナイフみたいなもの、というのはバルドという植物のタネを術で急速に発芽、育成させただけです』

『…………』

さらりと言われて一同、一瞬《いっしゅん》絶句する。

魔術にうとい人にはもとより意味不明だろうが、ある程度わかっている者にとってはなおさら絶句もの。

火を消す術をアレンジして火炎系魔術全般《ぜんぱん》を無効化——カルく言っているが、もちろんたやすいことではない。

誰《だれ》かの術を一度相殺《そうさい》、というのなら、人間にも可能かもしれない。

だが広範囲に展開した中で、火炎系の術を何度もうち消すというのは、かなり大がかりな儀式《ぎしき》用の魔法陣《まほうじん》やもろもろの魔法の道具《マジック・アイテム》を用意しなければ無理だろう。

でもって本当に驚《おどろ》くべきは、タネを急速発芽育成させるという方。

これをやるには、活性化させ生長させ同時に生育に必要な水分やエネルギーを過不足無く与《あた》え続ける、などという、とてつもなく複雑で繊細《せんさい》なコントロールが必要になる。

でもってそれを一瞬で。

断言するが、人間が同じことをやるのは不可能である。

魔力もそうだが、術をコントロールする速度と精度が絶対的に足りない。

テシアスたちはそれを、戦いの最中にぽんぽん使ってみせたのだ。

何より驚くべきは、そんな術ですらおそらく彼らにとっては、小手先の技でしかないのだろう、ということである。

もしその魔道技術が戦闘《せんとう》用に使われたらどうなるか――想像するだにやっかい極《きわ》まりない。

――と、その時。

どおんっ……！

響《ひび》いた重い音と揺れ。

部屋の全員が硬直《こうちょく》し、顔を見合わせ――

「見てきます！　みなさんはここに！」

言って部屋を飛び出したのは、戸口にいたゼフィーリア兵士のうち一人。鎧《よろい》の足音が廊《ろう》下《か》を遠ざかり――さほどもせずに、近づいてきた別の足音と一緒《いっしょ》になって帰って来ると、

「報告します！」

合流した方の兵士は部屋に入るなり声を上げた。

「街が――攻撃《こうげき》を受けました！」

悲鳴に近い報告の声に重なるように、

どおんっ！

と、再び響く轟音《ごうおん》。

町長は青くなり、たった今報告をして来た兵士があわてて、

「訂正《ていせい》……！　攻撃を受けています……！」

――早速《さっそく》来たのかっ⁉

町長たちが愕然《がくぜん》と顔色を失くす中、あたしとガウリイ、ゼルとアメリアは迷わず部屋から駆《か》け出していた――

三、枷《かせ》消えて　森の猟犬《りょうけん》　牙《きば》を剝《む》く

濁《にご》った煙《けむり》。

部屋を飛び出し廊下《ろうか》を駆《か》けて。

一番手近なテラスからアテッサの街を眺《なが》めれば、最初に目に付いたのがそれだった。

——むろんもともと鍛冶《かじ》の街、あちらこちらから始終煙は上がっていた。しかしそれらとは見るからに異なる、ひときわ濁った色の煙が二筋、目立つ。

そこに。

どぉんっ！

三度目の爆音《ばくおん》と新たな煙。

「——テシアスたちか——！」

とゼル。

「でしょうねっ！」

煙をにらみつけてアメリア。

いやいやいやいや。

テシアスたち『フォレストハウンド』が間を置かずに襲撃《しゅうげき》してくる可能性は、ゼルも指《し》摘《てき》してはいた。

しかしこれはいくらなんでも、急すぎるとゆーかなんとゆーか。

連中、気が短すぎっ！

何にしろ、街が攻撃《こうげき》されているのは事実！　ならば迎撃《げいげき》あるのみであるっ！

「アメリアは兵隊さんたちといっしょに街の人の避難《ひなん》と保護！　相手がどさくさまぎれで街に入ってくるかもしんないからそれも警戒《けいかい》！」

あたしの指示に、アメリアは一瞬《いっしゅん》不満げな表情を浮《う》かべるが、

「――わかりましたっ！」

と、声だけは元気に応《こた》える。

――本音《ほんね》は、悪を成敗《せいばい》する方をやりたかったんだろうなー。

とはいえ王族兼《けん》使者のアメリアが最前線に出て行けば、兵士や自警団も、彼女について行かざるを得ない。当然、街の人の避難や救助は後回し。

そうなることを防ぐため、アメリアは飛び出さなかったのだ。

——成長したなーアメリア。前までの彼女だったら、ちょっと目を離《はな》したスキに貴賓館《ゲストハウス》の屋上に登って、相手に大見得《おおみえ》を切っていたはずである。

「ゼフィーリアとセイルーンの兵士のみなさん！」

アメリアは兵士たちの方をふり向き、声を上げる。

「国と立場は違《ちが》えども、人々を、平和を守る魂《こころ》は同じはずっ！　今っ！　この街に魔《ま》の手が迫《せま》っている以上、それをはねのけ、民《たみ》を守るのがわたしとみなさんのつとめですっ！　どうか力を貸してくださいっ！」

『はいっ！』

一斉《いっせい》にうなずく兵士たち。

そのかたわらで——

「ゼル！　ガウリイを連れてあとからついて来て！　あたしはちょっと先行するから！」

言ってあたしは呪文《じゅもん》を唱え——

「翔封界《レイ・ウイング》っ！」

高速飛行の術でテラスから空へと舞《ま》い上がる！

できればガウリイやゼルといっしょに向かいたいところだが、空を飛ぶ術とゆーのは、浮かんでゆっくり動くのと、あたしが今使った高速飛行の二種類がある。

急ぐならとーぜん高速飛行なのだが――

風の結界を纏《まと》うこの術、コントロールがむずかしい上、運べる重さと速度と高度の総和が術者の力に比例する。

魔力を増幅《ぞうふく》する呪符《タリスマン》を持っていた昔ならともかく、今のあたしがこの術でガウリイを運ぼうとすれば、たぶん地面を引きずることになる上、速度も出ないし、街を囲う塀《へい》も越《こ》えられないだろう。

もう一方の術ならば、人一人くらい楽に運べるが、いかんせんそちらは移動の速度が遅《おそ》い。そんなのでふよふよ宙を漂《ただよ》っていたら、飛び道具で狙《ねら》ってくれと言っているようなもんである。

ならば――

あたしが先行して相手の気を引き、ゼルがガウリイを連れてきてくれるまで、なんとか時間をかせぐしかないっ！

家の、店の、工房《こうぼう》の、屋根の上をなぞるように空をゆき、街をとり巻く塀から外へと飛び出した。

――街に爆発《ばくはつ》が起きた地点から、相手のおおざっぱな居場所は予測がつく。そこから少し距離《きょり》を置き、あたしは術を解除して、森の中へと降り立った。
同時に呪文詠唱《えいしょう》開始っ！

——黄昏《たそがれ》よりも昏《くら》きもの
血の流れより紅《あか》きもの
時の流れに埋《うず》もれし
偉大《いだい》な汝《なんじ》の名において——

唱えるは無差別広範囲《こうはんい》呪文！

——我ここに闇《やみ》に誓《ちか》わん
我等が前に立ち塞《ふさ》がりし
すべての愚《おろ》かなるものに
我と汝が力もて
等しく滅《ほろ》びを与《あた》えんことを！

「竜破斬《ドラグ・スレイブ》っ！」

あたしの生んだ赫光《しやっこう》が彼方《かなた》一点で収束し——


くごぅオンッ！


破壊《はかい》の力をまき散らす！

着弾点《ちやくだん》は森の中。中心部の木々は塵《ちり》と消え、爆発はまわりの木をも放射状にへし折り、散らし、なぎ倒《たお》す！

竜殺《りゆうごろ》しの名を持ち、小さな城くらいなら吹《ふ》っ飛ばす威力《いりよく》のある術である。

街のひと区画ぶんくらいの広さが更地《さらち》——どころかクレーターとなり、その周辺もボロボロである。

かまわずあたしは続けて呪文を唱え——

「火炎球《ファイアー・ボール》っ！」

放った光球は、なぎ倒された木々に着弾すると、
ごうんっ！

炸裂《さくれつ》し、紅蓮《ぐれん》の炎《ほのお》をまき散らす！

続いて同じ術を二度、三度！

森の生木《なまき》は火がつきにくいのだが、超高温《ちよう》に何度も炙《あぶ》られれば話は別。

濁った色の煙を上げて、あたりの木々が燃えはじめる。

——これを無視はできないはずだが——

あたしはあたりに視線を走らせる。

——何かが——

見えた、気がした。

ぞわりっ。

背筋に走る、わけのわからない悪寒《おかん》。

不吉《ふきつ》な予感に逆らわず、あたしはとっさに横手に転がる。

その直後。

じゃッ！

たった今まであたしがいた空間を、白い光が貫《つらぬ》いた！

相手の姿をたしかめようと目をやれば、そこからひろがる白い霧《きり》。相手の姿はもちろん見えず、霧はどんどんひろがりながらこちらへと近づいて来る。

やがて霧が、炎の舌を上げる木々に触《ふ》れたそのとたん。

白が渦巻《うずま》きまとわりついて、みるみるうちに炎の勢いを弱めていく。

——なるほど。アライナが言っていた通り、たしかに山火事なんかの消火には効果絶大な術である。

ちょっと研究してみたい、とは思ったが、残念ながらゆーちょーに術を観察している場合ではない。

「——どういうつもりだ——」

いまやすっかりあたりを包む霧の奥から聞こえてきたのは、殺気のにじむテシアスの声。

「いやいやいや」

対するあたしはわざと半笑いの口ぶりで、

「自分たちが人間の街に攻撃魔術か何かをぶっ放すのはオッケーで、人間が森を燃やすのは非道な行い——って、そんな寝言《ねごと》はないでしょ？　今後むやみに街を攻撃してきたら、こっちもガンガン森燃やすんで」

と、あたし。

連中の目的が森をエルフの手に取り戻《もど》すことだというのなら、森の中で無差別広範囲攻撃呪文をぶっ放すあたしを見過ごしにはできないはず。そう考えたのだが、どうやら狙いは当たったようである。

「……許さんぞ。そんな真似は。そもそもここは、もともとは我らの森だ」

「あなた個人の意見は知ったことじゃあないけど、人とエルフの間で話はついてるって聞いてるわよ」

こちらに近づいて来るテシアスの声。やがて霧の奥から徐々《じょじょ》にその影《かげ》が――

……ぞわりっ……

悪寒が背筋を駆《か》け抜《ぬ》ける。

霧の奥から徐々に浮かび来る灰色の影は、テシアスより――いや、普通《ふつう》の人間やエルフよりはるかに大きい。

レッサーデーモンか――あるいはそれ以上のサイズだろう。

「一部のエルフが勝手に取り決めたことだ。従う義理はない」

白、というにはくすみ濁《にご》った灰色の巨体《きょたい》。

近づくにつれて鮮明《せんめい》さを増す特徴《とくちょう》に、あたしはおぼえがあった。

――これは――また――やっかいな――

内心の動揺《どうよう》を押し殺し、あたしは時間かせぎに挑発《ちょうはつ》のことばを紡《つむ》ぐ。

「ならあんたたちの勝手な見解に、人間にしろエルフにしろ、ほかのみんながおとなしく従う必要ないわよね？」

「事情も知らぬ人間風情《ふぜい》が。吠《ほ》えるのだけは一人前だな」

灰色の巨体が足を止める。

声がなければ、それがテシアスだとは気づかなかっただろう。

全身を覆《おお》う灰白色《かいはくしょく》の鎧《よろい》。頭には後ろ向きに、角とも獣《けもの》の耳ともつかぬ二本の突起《とっき》。目に当たる位置には、オニキスを想《おも》わせる透明《とうめい》感のあるつややかな黒。体の各所からは数本の触手《しょくしゅ》のようなものが生えている。

「あたしはそっちの言ったことを、『あんたたち』と『ほかのみんな』を入れ替《か》えて言っただけよ？　それが間違ってると思うってことは、最初のりくつがそもそもおかしい、ってことよね」

「ふ。この姿を見て大口を叩《たた》く度胸だけはほめてやろう」

テシアスの声には余裕《よゆう》の色。

あたしはぱたぱた手を振《ふ》りながら、

「やー。そんなことないって。あたしもさっきからびびりまくって、ひざガクガクふるえてるからー」

と、できるだけカルい口ぶりで。

「なめた口を。こちらをただのデカブツだとでも思っているのだろうが――」

「思ってない思ってない」

そしてあたしは――その名を口にした。

「魔律装甲《そうこう》ゼナファアーマー。……や。どっちかっていうと封魔装甲ザナッファー?」

「――!?」

無造作に言い放つと、テシアスの方が絶句した。

そりゃあそうだろう。

もし素性《すじょう》を知っていたなら、目の前で軽口が叩けるようなシロモノではない。

伝説において――

およそ百二十年前、サイラーグの街を滅ぼした魔獣《まじゅう》ザナッファーの名を知る者は多い。

その実体は、これまた伝説にある魔道書、異界黙示録《クレアバイブル》の知識から造られた、命ある武器にして鎧。

人間はかつて不完全な形として、意思ある生体封魔装甲ザナッファーを生み出し、暴走させ、街の一つを滅ぼすに至り――

近年、同じ知識をもとに、エルフと竜《ドラゴン》は対魔族用の兵器として魔律装甲ゼナファアーマーを作り上げた。

今から数年前、あたしたちは、百二十年の時を経《へ》て、ふたたび生み出されたザナッファーと戦い――

また、魔律装甲《ゼナファアーマー》を身につけたエルフとともに、高位魔族をうち倒したこともあったのだ。

見た目だけで言うならば、テシアスが今身につけている鎧は、暴走して獣《けもの》を想わせる姿になったザナッファーよりも、白い巨人《きょじん》ともいうべき魔律装甲《ゼナファアーマー》に近い。

ともあれ両方に共通するのは、基本的に、攻撃《こうげき》魔術がほぼ通用しないことである。

つまるところ――

魔道士のあたしにとっては、ひたすら相性《あいしょう》の悪い相手、ということである。

なにしろ、さきほどぶっ放した竜破斬《ドラグ・スレイブ》すらこいつには効かないだろう。

かつて伝説の中で、ザナッファーを倒した光の剣《けん》はすでに無く、あたしたちが前にザナッファーを倒した時に使った術もまた、今は使えない。

しかし、だからこそ。

あたしはわざと大口を叩いてみせたのだ。

強力なその正体を知りながら、余裕の態度を見せることで、何か対抗策《たいこう》があるのでは、とテシアスに勘《かん》ぐらせるためである。

案の定。

「――なぜザナッファーを知っている⁉　ゼナファアーマー？　とは何だ？」

警戒《けいかい》の色をにじませ、テシアスが問う。

なるほど。魔律装甲《ゼナファアーマー》ではなく不完全版《ザナッファー》の方をベースにしたシロモノか。

「さー？

あ。言っとくけど、それがあたしの知ってるザナッファーだったら、あんたそのうち食べられるわよ？」

と、事実をつきつけ揺《ゆ》さぶってみる。

前にあたしたちが戦ったザナッファーは、意思を持ち、装着者を取り込んで、人の心を持たない知恵《ちえ》ある獣となっていた。

だが。

「ああ――」

テシアスはこともなげに言い放つ。

「自我の発生と装着者への浸食《しんしょく》か。

我々の仲間には有能な研究者がいてね。製造前の段階でそんな問題は気づいて解決済みだ。人間ごときの魔道技術と我らエルフの技術を同列に考えるな」

――なるほど――

あたしは理解した。

彼は、製造前には欠陥《けっかん》があったと認め、人間の魔道技術と比較《ひかく》をした。

つまるところ。

ザナッファーの製造方法は、不完全なものを人間から手に入れた、と言ったに等しい。

――かつてあたしたちがザナッファーと戦った時、それを作り出した集団があった。

おそらくはザナッファーの製法が、その集団からテシアスたち『フォレストハウンド』に流出したのだ。

彼らはそれを解析《かいせき》・改良し、このザナッファー改とでも呼ぶべきものを生み出したのである。

それを手に入れたからこそ、近年まで実質、何の活動もしていなかった彼らが急に実力行使に出たのだ。

このことをもちろんゼルは知らないだろう。知ったならその時点で自分の目的と関係ないからと離反《りはん》したはずだし、あたしたちにも話しただろう。

しかしこいつが相手となると、なかなかめんどーなことに……

そんな内心を押《お》し隠《かく》し、

「あー。さすがに改良はしたんだ」

などとヨユーの口ぶりで返しつつ、さてどうしようと困っていると――

「――何をしているテシアス」

どこか聞きおぼえがある声は、テシアスの後ろの方から――

ずげげっ!?

……声と共に白霧《びゃくむ》の奥から浮《う》かび上がってきたのはほかでもない。

もう一つの灰色の巨体。

……まぢですか……?

思わず顔が引きつりそうになるのをあたしは必死でおさえる。

テシアスの二本角ザナッファーに比べると、のっぺりとした印象がある。頭部には目立つ突起もなく、顔のあたりには、オニキスに似た大きな目が一つだけ。体全体も、まるでマントかローブでも羽織っているかのようなずんぐりとしたシルエット。

つまるところ――

別のタイプのザナッファーということである。

いやいやいやいや。

改良だけじゃなくてバリエーションまでつけた!?

テシアスが言っていた、有能な研究者がいる、というのは本当らしい。

「サガン!　この人間、ザナッファーのことを知っているぞ!」

しかしサガンと呼ばれた方は、さして動じるふうもなく、

「それが何か問題なのか？」

——思い出した。

この声は、アメリアやゼルと合流し、街へと戻《もど》るその途中《とちゆう》、あたしを狙《ねら》った弓使いの声である。

弓使い——いや、サガンと呼ばれた、一つ目ザナッファーの装着者は、片手をこちらに向けると——

「いずれにしても倒《たお》すべき相手——」


ごうっ！


突如《とつじょ》。

サガンのことばをかき消して、横から強烈《きょうれつ》な風が吹《ふ》き来る。

白霧が乱れ渦巻《うずま》いて、あたしの髪《かみ》が、マントがはげしくたなびく。あやうくバランスを崩《くず》しかけ、あたしはわざと風に流され五、六歩たたらを踏《ふ》んで体勢を整えた。

風がおさまったそのあとには——

あたしのそばに出現した、ガウリイ、ゼル、アライナ、三人の姿！

もう来てくれた!?

予想していたのよりずいぶん早い。

──そうか──

人間が操《あやつ》る飛行の術なら、この場所に着くまでもっと時間がかかったはず。しかしエルフのアライナが何かの術で、二人を連れてブッ飛ばしてくれたのだろう。

正直言って助かった。

テシアスはともかく、サガンの方はどうやら時間かせぎにつき合ってくれそうな相手ではない。

……もちろんこれで、こっちの有利になったわけでもなんでもないが……

「──なんだあれは──」

テシアスたちをにらみつけてつぶやいたのはゼルガディス。

一方。

「ゼルガディスに……同族《エルフ》──⁉」

驚《おどろ》いたのは向こうも同じ。

サガンはアライナの出現に、こちらに向けていた右手を下ろすとあからさまな驚きの声を漏《も》らした。

「なぜ同族《エルフ》がそちらにいる⁉」

テシアスの声も揺れている。

そこに。

「なぜも何も――！」

朗々と響《ひび》いたのは――意外や、アライナの肉声だった。

レグルス盤《ばん》の増幅《ぞうふく》なしで、である。

彼女はやや離《はな》れた所にいる二体の巨人を堂々ににらみすえ、そこまで十分響く声で、

「少しは自分の胸に手を当ててみたらどうですか!? 森の守護者気取りの自己陶酔《とうすい》集団が、おとなしく日陰《ひかげ》の身に甘んじて葉っぱの裏にでもはりついていればいいものを！ そんなオモチャの鎧《よろい》を手に入れたからといって、はしゃいで人間にちょっかいをかける、なんていう分別《ふんべつ》が犬以下のまねをしでかしてくれたせいで、まともな同族《エルフ》が迷惑《めいわく》してるんですよ？ おかげでわたしが、ことが大きくなる前にあなたたちを止めるように、なんてロクでもない面倒《めんどう》ごとを押しつけられるハメになったんです！ しかもこっちが内々にことをおさめようとしているところをさんざん逃《に》げ回ったあげく、とうとう街に攻撃まで！

それで『なぜ』とか驚かれる方がむしろ驚きです！

同族《エルフ》から目をつけられるのが嫌《いや》だったら、今からでもつまらないオモチャを捨ててどこか暗い所に引っ込んで、みなさん揃《そろ》って苔《こけ》からしみ出た水でもすすっておいた方がいいですよ！」

……しーん……

沈黙《ちんもく》が。

しばし白霧の世界を満たす。

……ア……

……アライナ、同族への当たり強っ⁉　てゆーか口、悪っ！

あまりといえばあまりの言いように、テシアスとサガンもしばしぼーぜんと沈黙してから、それでもやがて、

「テシアス」

「ん？」

「ブチ殺そう。」

「異議なし。」

言うなり二体は両手をはね上げ、それぞれの先から放たれた光が霧を裂《さ》く！

ザナッファーの武装、閃光の吐息《レーザーブレス》！

『わわわわわわわわわっ!?』

あたしとガウリイ、ゼルとアライナ、四人は同時に叫《さけ》びを上げて横へとダッシュ！

木々の密度が濃《こ》い方へと駆《か》け込んだ！

アライナと肩《かた》を並べて駆けながら、

「ちょっと！　アライナ！」

あたしが上げた非難の声に、アライナは襟《えり》のレグルス盤を起動して、

『説得に応じるつもりはないみたいですね！』

「今の説得だったの!?　挑発《ちょうはつ》にしか聞こえなかったけど!?」

『リナだってわたしたちが来る直前まで挑発してましたよね!?　聞こえてましたよ！』

「あれは時間かせぎよっ！　てかあんた人見知りのわりには堂々と話してたけど!?」

『敵だとわかってるなら、自分がどう思われるかなんて気にしないで済みますよね』

人見知りは、他人からの目が気になるから――ではあるが、それがわかっていて割り切って人見知りやってんのかこいつは!?

駆けるあたしたちの後ろを、二条、三条、光の刃《やいば》が霧を裂く！

「リナ！　何だあれは!?」

駆けながら問うゼルガディスに、あたしも駆けつつ、

「魔獣《まじゅう》ザナッファー！　そのパワーアップ版よ！」

「なっ……!?」

驚愕《きょうがく》の声を上げる彼に、併走《へいそう》しながらガウリイが、

「知っているのかゼル!?」

「あんたも知ってるでしょーがっ！　いつかみんなで戦った、触手《しょくしゅ》から閃光《レーザー》の吐息《ブレス》発射する白くてでっかい獣《けもの》！」

「白い……！　おお！　おぼえてるおぼえてる！」

てきとーなあいづちをうつガウリイ。

ゼルもかつてはともにザナッファーと戦った一人だが、その時のザナッファーは白い巨《きょ》大《だい》な四足獣の姿だった。今の二体がその同種だと、見た目だけで悟《さと》るのはむずかしいだろう。

あたしがそれに気づいたのは、ザナッファーの完成体、魔律装甲《ザナファアーマー》を知っていたからにほかならない。二体の外見は、むしろそちらに近かった。

『ザナッファーって!?』

あたしたちの話を耳にしてアライナは、

『人間の伝説にある、アレですか⁉』

「それ！　たいていの攻撃呪文《こうげきじゅもん》は効かないから！」

『そんなこと今さら言われても⁉　さっき思いきり挑発しちゃいましたよ⁉』

「やっぱし挑発のつもりだったんかっ！」

あたしは傍《かたわ》らを駆けるゼルに、

「たぶん連中の行動が活発になった理由がアレよ！　あっちにいた時、なんかそれっぽいことってなかった⁉」

「いや！　おれには隠《かく》し通してたようだな！」

と彼。

なるほど……やっぱりそこは予想通りか。

「ザナッファーということは、鎧に自我を食われた化け物か⁉」

「パワーアップ版って言ったでしょ！」

やりとりはしながら、とーぜん足は止めぬまま。

木々の間に飛び込んだおかげか閃光の吐息《レーザーブレス》は来なくなったが、相手が追ってきていると考えるのがとーぜん。足を止められるはずもない。

いきおいで全員逃げ出したが、まあ良し！

相手に攻撃呪文が効かないことを、ゼルやアライナが知らないままに戦っていたら、まずいことになっていただろう。知らせる時間は必要だった。

「エルフたちが改良したみたいだから装着者の自我はそのまんま！　たぶんこっちからの術はほとんど効かずに、向こうは術が使えるわ！」

「最悪だな！」

「あたしもそう思う！」

かつて戦ったザナッファーは、外皮で自分の肉体を精神世界面《アストラル・サイド》から遮断《しゃだん》することで、ほとんどの黒魔術などを無効化した。

そのかわり、一切の術を使うこともまたできなくなっていた。

にもかかわらず、相手が術を使えるとあたしが断じた根拠《こんきょ》は単純。

この白い霧《きり》の存在である。

あたしがテシアスたちを引きつけるために森につけた火――それを消すのに、誰《だれ》かがこの術を使ったのだ。

彼らのザナッファー改が、魔律装甲《ゼナファアーマー》と同様に、精神世界面《アストラル・サイド》との遮断と接続を自由にコントロールできる可能性を考えておくべきだろう。

「どうする!?」

と、これはガウリイ。

相手の注意が街からそれるのはいいのだが、このまま一生鬼《おに》ごっこ、というわけにもいかない。

どこかで迎《むか》え撃《う》ち、一体ずつでも倒《たお》してゆくしかない。

「とりあえず森の中に誘《さそ》い込んで──」

あたしの言葉も半ばに。

ざわりっ。

木々がざわめく。

あちらのしげみから、こちらの木陰《こかげ》から。あたしたちを取り巻いてざわざわと現れたのはいくつもの人影《ひとかげ》！

植物人形《プラントゴーレム》たちか⁉

火炎《かえん》系の術が使えたならたやすく一掃《いっそう》できるだろう。

「！　アライナ！　この霧、消せる⁉」

『一時《いっとき》なら。またすぐかけなおされる可能性も高いけど』

「それでじゅーぶん！　合図でお願い！」

彼女が首を縦に振《ふ》るか振らないかのうちに、あたしは早速《さっそく》呪文を唱えはじめる。

その間にも植物人形《プラントゴーレム》たちはこちらとの間合いを詰《つ》めて――

あたしの呪文が完成する。

アライナに目で合図を送り――

『ディセンチャント』

彼女がつぶやくと同時に。

一息に波が引くように、あたりの白霧が消えてゆく。

ひらけた視界。迫《せま》り来る植物人形《プラントゴーレム》たちの姿が鮮明《せんめい》になり――

そのま上。

木々の梢《こずえ》と梢にまたがって、それはいた。

大きな繭《まゆ》のような塊《かたまり》の背中から生えた何本もの細く長い脚《あし》が四方にひろがり、体のあちこちから伸《の》びた糸――いや、触手が、あたりの木々の幹や枝を掴《つか》み、巨体を虚空《こくう》に支えていた。

さながらそれは、一匹《いっぴき》の巨大なクモを想《おも》わせて。

繭の一部が、まるでクモが顎《あぎと》を開いたかのように展開し――

そこから人の顔が覗《のぞ》いていた。

人が巨大グモに丸呑《まるの》みされかかっているかのような光景だが、これは――

――三体目のザナッファー!?

顔はもちろん装着者。エルフ独特の整った顔立ちだが、人で言うなら三、四十歳くらいの男に見える。彼らの寿命《じゅみょう》を考えれば、とうに百を越《こ》しているだろう。

顔を出しているのは術を使うためと考えて間違《まちが》いない。

ザナッファーに完全に覆《おお》われていては術が使えず、鎧《よろい》の一部を解除して呪文を唱え、植《プラ》物人形《ントゴーレム》たちを生み出したのだ。

とすると、ゼルやアメリアと合流した時の戦いで、どこかに隠れて植物人形《プラントゴーレム》たちを生み出し、操《あやつ》っていたのはこいつか。

霧が晴れ、その光景が見えると同時に、

「オルグロウズ」

装着者の口が動いた。

この術は――!?

瞬間《しゅんかん》、植物人形《プラントゴーレム》たちから伸びた無数のツタがこちらに迫る！

しかたなく――

「炎の矢《フレア・アロー》っ！」

あたしは植物人形《プラントゴーレム》たちを倒すために唱えておいた術を放つ！

今、ツタで動きを止められるわけにはいかない！

炎の矢と伸びるツタ、紅蓮《ぐれん》と緑が交錯《こうさく》し、緑が焦《こ》げ落ち紅蓮が薙《な》ぎ散らされる！　残ったのはこちらに迫るツタの方が多い！

しかし！

「炎の矢《フレア・アロー》！」

タイミングをわずかにずらし、ゼルが唱えた術を放つ！

炎は残るツタのほとんどを灼《や》いて、その先に佇《たたず》む植物人形《プラントゴーレム》たちのいくつかにも突《つ》き刺《さ》さる！

ぱぢぱぢぱぢっ！

直撃《ちょくげき》を受けた植物人形《プラントゴーレム》たちは、はじける音を立て焼け落ちる。

残ったツタはガウリイが切り払《はら》い――

その時。

「ゼイフリート」

クモザナッファー――ああめんどくさい。《クモ》の男の声。

瞬間。

視界の半ば以上を埋《う》めて、《クモ》とあたしたちの間の虚空に、巨大な火球が出現した！

──まずいっ！

こちらの手を白霧の解除と植物人形《プラントゴーレム》への対応で奪《うば》っておいて、こう来たかっ⁉

「ちっ！」

とっさにガウリイが火球に向かってつぶてを放つ！　これが人間の使う火炎球《ファイアー・ボール》なら、光球に何かが当たった時点ではじけて炎をまき散らすのだが──

つぶてはむなしく火球に呑《の》まれて消えただけ！

火球はそのまま──

その時。

『エアプロージョン』

アライナが術を解き放つ！

同時に。

ぼっ！

迫る火球のすぐ下で、音を立てて大気が爆《は》ぜた！

渦巻《うずま》き狂う大気が火球をはじけさせ、あたしたちは強烈《きょうれつ》な颶風《ぐふう》を浴びてたたらを踏《ふ》む。

荒《あ》れ狂う風の音に混じり込み、

「────！　────！」

悲鳴にならない悲鳴が届く。

火球の前面で大気がはじけたのだ。あたしたちが浴びたのは熱い颶風で済んだものの、反対側──《クモ》の方には、炎混じりの熱風が吹《ふ》き荒れたはずである。

鎧に覆われたままならともかく、一部を開いて顔を出した状態ならば、顔面をまともに炙《あぶ》られただろう。

炎が散って視界が戻《もど》ったそのあとは、狂ったように暴れる《クモ》の姿！

脚が、触手《しょくしゅ》が虚空を薙いで悲鳴にも似た風切り音を響《ひび》かせる。そのまま体勢を崩《くず》すと大地に落下し、なおも激しくもがき続ける。

反応からして、装着者がかなりの痛手を受けたのだろう。

そこにすかさず駆《か》けるガウリイ！

攻撃魔術《まじゅつ》を防ぐザナッファーとはいえ、物理的に無敵なわけではない。

おそらく今、クモザナッファーの視界はほとんどきかないはず！

でたらめに舞《ま》い狂う触手を彼はくぐり抜《ぬ》け、本体に肉薄《にくはく》すると、構えた剣《けん》を──

ふるう直前。

突如《とつじょ》ガウリイはふり向くと、何も無い虚空を剣で薙ぐ！

――一体何を――？

思った時には。

「馬鹿《ばか》な⁉」

かなり後ろからサガンの、

『うそっ⁉』

すぐ隣《となり》からアライナの、驚愕《きょうがく》の声がわき起こる。

――今のが何かはよくわからないが、テシアスとサガンが迫って来たか⁉

ふり向けば、こちらに向かう影二つ。

その片方、サガンの《一つ目》の装甲《そうこう》が一部開いているのが遠目に見て取れた。

――何かの術を使うつもりか⁉

しかし。

「ルコーリア⁉」

もがき暴れる《クモ》を目《ま》の当たりにして、《二本角》のテシアスが声を上げる。たぶんルコーリアというのが装着者の名前なのだろう。

同時に《二本角》が、こちらと《クモ》の間を遮《さえぎ》るように閃光《レーザー》の吐息《ブレス》を乱射し、こちらの動きを牽制《けんせい》する！

おしっ！　ここはつけ込ませてもらうっ！

《クモ》をしとめると見せかけて、別の一体を狙《ねら》う！　うまくいけばこのまま一気に決着を——！

が、その時。

木《こ》の葉《は》のすき間から覗く蒼穹《そうきゅう》を翼《つばさ》がよぎり——

どドドどッ！

同時に、光の槍《やり》があたしたちのまわりに降りそそぐ！

今のは——閃光の吐息《レーザーブレス》!?

幸い直撃はなかったが——今の翼も別のザナッファー!?

一体相手は何体いる!?

《クモ》をしとめるチャンスだったが、空を飛ぶ奴《やつ》までいるとなると、さすがに無理押しはできない。へたを打てばこっちがやられるだけである。

「——退《ひ》くわよ！」

「おうっ！」

あたしの呼びかけにガウリイが応《こた》え——

『フォゴゥル』

アライナがあらためて白霧《びゃくむ》を生み出す。

相手の火球で上がった火の手を消すとともに、霧を目くらましにする計算だろう。

「アライナ！　街以外で、身をひそめられそうな所ってある!?」

『……こっちへ……！』

身をひるがえす彼女のあとを追い、一行は白霧の中を駆け抜ける――


魔力の明かりが照らすのは、コケに覆われた土の壁《かべ》。

空気はしめってひんやりしているが、土のにおいはあまり感じない。

『ここならまず見つからないと思います』

アライナが言って足を止めたのは、少し広くなった場所だった。

「ここって――」

あたしはぐるりとあたりを見回す。

といっても、さして珍《めずら》しいものがあるわけでもない。天井《てんじょう》や壁を支えるコケむした柱くらいなものか。

「……廃坑《はいこう》？」

『ええ。あいつらのアジトを捜《さが》している時に見つけました』

彼女は小さくうなずいた。

——あのあと。

結局、連中は逃《に》げるあたしたちを追って来なかった。

《クモ》の装着者、ルコーリアの救出と治療《ちりょう》を優先したのか、単に霧でこちらを見失ったのか。

そのままアライナに案内されたのがここである。

ずいぶん昔の廃坑《もの》らしく、半ば埋もれかけ、しげみに隠《かく》された出入り口は、アライナに案内されなければ、存在に気づくことすらなかっただろう。

もし今一人で外に出て、半日経《た》ってから戻って来いと言われたら、入り口を自力で見つける自信はない。

アライナは小さく息を吸い込むと、

『——リナ』

ひた、とあたしの目を見すえ、まっすぐこちらに歩み来る。

——ま、しかたない。

あたしは彼女の視線を正面から受け止めると、奥歯をかみしめて——

アライナは、とたんに視線をゆらめかせ、顔をそらしてUターン。

「いや待て。」

思わずあたしはその肩《かた》を、がっしり後ろから掴《つか》む。

『な、なんですかリナ?』

「いや！　あんた今っ！　『テシアスたちの気を引くためとはいえ森を荒らしたのは許せない！　せめてひとこと言わないと！』ってかんじまんまんだったでしょ!?　なんでそこでまわれ右っ!?」

『……リナの目がこわくって……』

「ガンつけたわけじゃないからっ!?　こっちは平手の一発くらいはもらうつもりだったんだからっ！」

『そんな……リナに平手なんて……手が折れたらどうするんですか』

「折れるかぁぁぁっ！　あたしのほっぺ、何でできてるのよっ!?

……まあ……とにかく……

あなたをイヤな気分にさせちゃうだろうとは思いつつ、テシアスたちを街から遠ざける方法を他に思いつかなくて……

そこは——あやまる。ごめん」

あたしは素直に頭を下げた。

『……そこは……ちゃんとわかってくれていたらいいです……あ。よーしそれなら、って、ばんばん森を燃やされても困りますけど』

「いや燃やさないから燃やさないから」

あわててぱたぱた手を振《ふ》るあたし。

森の木々はエルフのみならず、アテッサの街にとっても、鍛冶《かじ》作業のためには大事な資源なのだ。

さっきは場合が場合だったから、あーいう手段を使ったが、別にあたしは火を見て喜ぶシュミはない。

「──火といえばさっきの《クモ》タイプ、植物人形《プラントゴーレム》を作って、こっちが霧を解除させるのを誘《さそ》ってから火球を使ってきたけど……

あーゆーのはエルフ的にオッケーなの？」

『たぶん、火球でこちらを仕留めたあと、すぐに自分で消すつもりだったんだとは思いますけど……

どこまでを容認できるかはそれぞれですね。小枝一本折るのを許さない人《エルフ》もいれば、何かの事情があれば多少は目をつぶる、という人《エルフ》もいます。

個人的には、森で火というのはちょっと抵抗《ていこう》があります』

「そういうもんなの……

あたしも別に森を壊《こわ》したいわけじゃあないんだけど、テシアスたちを牽制する手が他にないのが、ねー……

そっちが街に手を出したらこっちは森をどーにかする、って言っといたから、街に手を出す前にあたしを狙ってくると思うけど」

「だがそれだと、街には戻れんぞ」

と、これはゼルガディス。

「おれたちが街に戻って、もし連中がそのことに気づいたら——」

「……ま、街とあたしたちをいっしょくたに吹っ飛ばすでしょーね。

連中にとってはそれが一番手っ取り早いし」

と、あたしはぽりぽり頭を掻《か》く。

——もしもテシアスたちがその気になれば、無差別広範囲《こうはんい》攻撃呪文《こうげきじゅもん》とザナッファーたちの閃光の吐息《レーザーブレス》一斉掃射《いっせいそうしゃ》で、アテッサの街を一気に壊滅《かいめつ》させることも可能だろう。

さきほど街を攻撃した時、それをやらなかった理由はおそらく二つ。

一つは、目的が壊滅ではなく、おどして街を放棄《ほうき》させるつもりだったから。

そしてもう一つは、街一つ壊滅させれば人間社会を完全に敵に回すから。

だが、街に手を出せば森を吹《ふ》っ飛ばす、とあたしが宣言した以上、連中が次は街ごとつぶしに来る危険はある。

「そーなると、ひとまずはここに腰《こし》を落ち着けて、時々いろいろ街から補給して……ってかんじになるわね……

もちろんここも、何日もいたら見つかる危険があるから、こまめにあちこちうろうろする、ってことで。

……長引くといろいろめんどーになりそーね……」

『いっそこのままどこかに逃げるっていうのは……？』

と、これはアライナ。

『彼らはリナを見つけることができなければ、街に手を出せない。ならこのまま見つからないようにどこかへ行ってしまえば、動きは制限されますから……』

「それはあたしも考えたけど……

もしも何かのきっかけで、あたしたちが他のどこかに逃げた、ってことが知られたら、即座《そくざ》に街を攻撃してくるでしょーね。

なら、逃げずになんとかするしかないわ」

「勝算はあるのか」

ゼルガディスの問いにあたしはうなずき、

「最近まで動かなかったテシアスたちが行動を開始したのって、つまるところ、ザナッファーっていう力を手に入れたからよ。

なら。

ザナッファーを倒《たお》すなり壊すなりして、それが絶対的な切り札にならないとわかればあきらめるはず。

もちろんザナッファーは脅威《きょうい》だけど、無敵ってわけでもないわ。

鎧《よろい》を閉じている時にはこっちの攻撃呪文が通じないと考えた方がいいけど、あっちも術が使えない。あっちが術を使う時は鎧の一部を開く必要がある。

でもって鎧には、相手の防御《ぼうぎょ》を上回る物理的な攻撃なら通用するはずよ。……ま、ふつーの剣《けん》で楽々斬《き》れるとは思えないけど——ひょっとしたらガウリイなら——」

「オレか？」

急に名前を呼ばれて、横でぼーっとしていたガウリイがこちらを向く。

「そ。さっきの相手の、人じゃなくて鎧の方、あなたなら斬れる？」

鎧を斬ることができるか——などとゆーのはムチャぶりもいいところだが、ことガウリイと彼の剣にとっては、不可能とまではいかないはず。

「いやぁ。試してみないとわからないけど、さすがに硬《かた》そうだったぞ」

『そういえば――』

アライナがふと口を開く。あたしの体をタテにして、端《はし》からガウリイの方を覗《のぞ》き見つつ、

『そっちの……ガウリイさん？　さっき精神世界面《アストラル・サイド》からの攻撃を斬ってましたけど、どうやったんです……？』

…………………

『――は!?』

思わず声を上げるあたしとゼル。

精神世界面《アストラル・サイド》からの攻撃を――斬った!?　ガウリイが!?

いちおー解説しておくと、精神世界面《アストラル・サイド》とゆーのはこの物質世界と表裏一体。術を使う時には魔力でそこに干渉《かんしょう》し、さまざまな現象を引き起こす。

基本的に、人間には見ることのできない世界なのだが――

「斬ったの!?」

思わず問いかけるあたしに、しかしガウリイは困った顔で、

「……あすらとるさい……？　え？　誰《だれ》だそれ？」

「いや。誰とかじゃなくて――」

『ほら。《クモ》みたいな奴《やつ》を斬ろうとした時──』

あたしの陰《かげ》からこっそりアライナ。

『《一つ目》が後ろからしかけてきた攻撃を剣で斬りましたよね』

そういえばガウリイ、自分の火球にあぶられて落ちた《クモ》を攻撃しようとして、急に中止してふり返り、何も無いところを斬っていたけど──

「あー。あれか」

言われてガウリイはこともなげに、

「そこを斬らなきゃ、って思ってやったんだけど……オレ、何か斬ったのか？」

──問われても、あたしにわかるはずもなく──

『斬りました』

一方アライナは断言する。

斬ったんだ⁉

そーいえばあの時、《一つ目》が装甲《そうこう》を展開して、装着者の姿が見えていた。あれは、これから術をしかけるところだと思ったのだが、実は逆──精神世界面《アストラル・サイド》からの攻撃を終えた直後だったのか。

『……見えない矢か何かを斬ったようなもんだと思ってください。

けど……人間に精神世界面《アストラル・サイド》の事象は感知できないはずなのに、なんでそんな真似ができたんです？』

「なんでって……こう……」

ガウリイは剣を持つようなしぐさで、

「《クモ》を斬るつもりで剣を抜《ぬ》いたら、剣がひっぱられるような気がして……あー、これは、先に斬らなきゃならないものがあるんだなー、と」

達人だか頭悪い子だかわからないよーなことを言う。ガウリイの場合その両方なのだが。

「……ちなみに……

その精神世界面《アストラル・サイド》からの攻撃、人間がまともに食ったらどうなるの？」

あたしの質問にアライナはさらりと、

『よくて失神、普通《ふつう》は精神が壊れます』

「タチ悪っ！　それってかわせるもんなの……？」

『ええ。それはもちろん、避《よ》ければかわせますよ』

「よければ……って……人間には『見えない』んだけど……」

当たり前だが、人間が精神世界面《アストラル・サイド》のできごとを探知する方法は、ほとんどない。

皆無《かいむ》とは言わないが、戦闘《せんとう》中に役立つようなものではないのだ。

『そういえば……そうですね』

『見えるようになる方法とかって……なんかないの?』

『エルフはもともと見えますから、そういう方法は……あ。でも、精神世界面(アストラル・サイド)の攻撃って、しかけるのにはちょっと時間がかかりますし。始終動き回っていたら、長距離《ちょうきょり》から当てるのはちょっとむずかしいと思います』

……始終動き回るって……

実質、当たらないように祈《いの》る、というのと大差ない。

「……そ……そっかぁ……」

けどガウリイは、そんなわけのわからない攻撃を斬ってのけたのか。

どーやったらそんな――あ。

剣がひっぱられる――と彼は言ったが、ひょっとして――

「アライナ！」

ふと思いついてあたしは尋《たず》ねる。

「実はガウリイの剣って――ちょっとした事情で、前に竜《ドラゴン》から、切れ味の落ちる術をかけてもらってるの。エルフのあなたならその封印《ふういん》を解くこともできるんじゃないかって思うんだけど――試してもらえる？」

『切れ味の……落ちる術？』

いぶかしげに問うアライナ。

たしかにそれだけ聞くと意味がわからないだろう。

「彼の剣って、なんでも周囲の魔力《まりょく》に反応して切れ味が上がるらしいの。

——で、これはあたしの仮説なんだけど。

その剣の性質が、精神世界面《アストラル・サイド》からの攻撃っていう強力な魔力に反応して、ひっぱられたみたいに感じたんじゃないか、って思うのよ」

あたしの説明に、アライナは思案顔で、

『ありえる……んでしょうか……？　今の段階では否定も肯定《こうてい》もできませんけど……でも実際に斬ったわけですし……』

「仮説はさておき彼の剣、そのせいか、ほっとくと鞘《さや》まで斬れちゃうんで、そんなふうにしてるのよ。

けど本来の切れ味を取り戻《もど》したら——

精神世界面《アストラル・サイド》からの攻撃に反応できるかどうかはわかんないけど、ザナッファーの鎧を斬ることもできるかもしれないの。だから——」

『そういう事情での封印だったら解くことはできるかもしれませんけど、さすがに何の道具もなしで、というわけには……

荷物は街の宿に置いていますし』

「りょーかい。

ならテシアスたちに気づかれないよう、夜になったら荷物を取りにこっそり街に戻る、ということでどう？

あたしたちの置かれた状況《じょうきょう》をみんなに伝えなくちゃあいけないし、街の被害《ひがい》状況も確かめないとだし」

提案に、全員首を縦に振《ふ》る。

……どーやらしばらくの間、ふかふかベッドやあったかいごはんと離《はな》れることになりそーだけど……

とっとと連中を倒して片をつけ、ベッドとごはんをとり戻すっ！

快適な生活環境《かんきょう》をとりもどすため、あたしは『フォレストハウンド』に対する闘志《とうし》を新たにするのだった——

見上げれば、木々のすき間に空と星。

視線を地上に転じれば、夜の森はただ黒く——

――いや。

小さな小さな灯《ひ》が一つ。ゆらりふらりと揺《ゆ》れながら、森の木と木のその間、道無き地面を進み行く。

カンテラの三方を何かで覆《おお》っているのだろう。ちろちろまたたくオレンジの灯は、茫漠《ぼうばく》たる夜を照らすにはとうてい足りず、それでも闇《やみ》の中では十分に目立っていた。

視覚が闇に閉ざされているせいか、いろんな音が耳につく。

風に揺られて木の葉擦《はず》れ。名前も知らない夜鳥の鳴き声。虫の声。

街を離れてどれほど進んだか。

たぶん一度あたりを伐採《ばっさい》してから植樹したのだろう。子供の背丈《せたけ》ほどの灌木《かんぼく》が規則正しく並んでいる――ささやかな灯《あか》りが止まったのは、そんな場所でだった。

そのまましばらく時が流れて――

やがて。

「――何があったの――」

ささやくような女の声は、灯りから少し離れた所から聞こえた。

「……街が……攻撃された……」

かすれた男の声は灯りのあたりから。

灯りはゆっくりと、女の声がした方に近づいて──

「……死人もケガ人も出て……」

やがてカンテラの明りが闇に人影《ひとかげ》を浮《う》かび上がらせる。

変わった形の軽装鎧を身につけた──女。

夜に浮かんだその貌《かお》は、ぞっとするほど美しく、瞳《ひとみ》に映るカンテラの灯がゆらめいている。

「……やったのは……エルフ……だって聞いた……」

カンテラを持つ男の声。

「嘘《うそ》……だよな？　だってあんた、協力してくれるって……」

「エルフも一枚岩じゃあないの。

わたしがあなたに協力しているのは本当。けれど街を狙《ねら》っているのがエルフだというのも本当。でもそれを言えば、あなたはわたしを信じなくなる。

だから言えなかったの」

「じゃあ……味方だって思っていいんだな……？」

すがるような男の声。

「ええ──信じて。わたしもできるだけ手を貸すから」

「……わかった。あんたを信じる……」

「ありがとう……

わたしもちゃんとあなたの力にならないとね。

くわしく話を聞かせてくれる？　街が襲《おそ》われた時、傭兵《ようへい》みたいな人たちとエルフが迎《むか》え撃《う》っていたみたいだったけれど、あの人たちって何なの？」

「ああ。彼らは流れの——」

男のことばを遮《さえぎ》って、

「——って、信じるなボケェ氷の矢《フリーズ・アロー》っ！」

さすがにそれ以上見過ごしにできず、あたしは唱えた術をぶっ放す！

女に迫《せま》る十数条の冷気の矢！

「——!?」

かわせぬと悟《さと》った女は大きく右手を振り——

刹那《せつな》。

女が身につけていた鎧《よろい》の一部が変形し、巨大《きょだい》な盾《たて》となり、あたしが放った冷気の矢、そのことごとくを受け止める。

「——なっ……!?　あっ？　えっ？」

カンテラの男が驚《おどろ》きの声を上げた時には、ガウリイが女に向かって駆《か》けてゆく！

しかし剣《けん》の間合いに入るより先に――

女が跳《と》んだ。

いや――

飛んだ。

跳躍《ちょうやく》と同時に鎧が展開・変形し、巨大な盾は翼《つばさ》と化して、そのまま夜空に舞《ま》い上がる！

《翼》のザナッファーか!?

身構えるあたしたち。しかし相手は、もともと戦う心づもりがなかったのか、そのままどこかへ飛び去ってゆく。

ガウリイは剣の柄《つか》から手を離すと、残った男に歩み寄り、その手からカンテラを取ると覆いのない方を相手に向けた。

オレンジ色のあえかな明りに照らされたのは――

「――あんた――」

あたしのことばはそこで詰《つ》まる。

意外な正体に絶句した――というわけではない。とっさに相手の名前が出てこなかったのだ。

たしか自警団の——そうそう。ランダとかいう名前だったよーな。

——あたしたちは、荷物の回収やいろんな人との打ち合わせのため、月と星との明りを頼《たよ》りに、闇にまぎれて一旦《いったん》アテッサの街に戻ろうとしたのだが——

街に入る前に、こっそり出て行くランタンの灯を見つけて、そっとあとをつけ——今の光景に遭遇《そうぐう》したのだ。

「何やってんのよ……あんた……」

「え——あんたら——え？　何って、これ、え？」

どーやら事態を理解できていないらしく、おどおどきょろきょろするばかり。

しかたなく。

「……ここで長話もなんだから。とりあえず、宿で話を聞きましょーか」

あたしはため息混じりにそう提案したのだった。


遠く酒場の喧噪《けんそう》が聞こえる。

アテッサの街——

銀の木の葉亭《シルバーリーフ・イン》へと戻ったあたしたちは、マクライルさんに声をかけ、三階にあるガウリイの部屋に集まっていた。

やや広めとはいえ、本来一人用の部屋に、あたしとガウリイ、ゼルにアライナ、マクライルさんにランダ。六人もが入っているのだ。はっきし言ってくっそせまい。

一階のメシ屋兼《けん》食堂で話をすればゆったりするのだろうが、そちらにはとーぜん他の客もいる。そんなところで込み入った話をするわけにはいかなかった。

まずはあたしが、こっちの動きをざっと説明。

街を襲った連中を迎撃《げいげき》に出て、シャレにならない武器を持ち出され、とりあえず身を隠《かく》し、帰ってきたところでランダが女エルフと会っているのを見た——

……さすがに、伝説で有名なザナッファーの名は出さぬまま、ざっと説明を終えた頃《ころ》には、ランダもどーやら事態が飲み込めてきたらしく、ランプの灯りの中でさえ、はっきりとわかるほどに青ざめていた。

「——で——」

と、あたしはランダの方を見て、

「どーゆーいきさつであの女と会って、何をしてたわけ?」

「……知らなかったんだよ……今日、聞かされるまで……」

誰《だれ》とも視線を合わせようとせず、ランダはかすれた声を漏《も》らす。

「街を狙ってるのが……まさかエルフだなんて……」

ぽつりぽつりと彼が話したところによれば、まだみんなが、街にいやがらせをしかけてきているのが野盗《やとう》のたぐいだと思っていた頃——

野盗を捜《さが》して森の中をうろついていた彼が出会ったのが、リュシッダ、と名乗る女エルフだったらしい。

何者かのしかけた罠《わな》でランダがケガをした時に、助けてくれたのだとか。

——自分はこの森にも時々来るのだが、最近野盗が近くに現れる。たぶんその罠も野盗がしかけたものだろう。その野盗たちを森から追い出したい——

彼女のそんな言葉を、ランダは信じた。

協力を提案したのも彼女の方。

——定期的に情報を交換《こうかん》しあって野盗を追い詰めよう。ただ、街の噂話《うわさばなし》から自分の存在が知られると野盗たちの的《まと》になりかねない。だから自分のことは他の人には秘密にしておいてほしい——

……今にして思えば、いかにも怪《あや》しい話に聞こえる。

ランダがひっかかった罠というのも、テシアスたちがしかけたものの可能性が高い。

しかし——

「……まさか……エルフがそんなことをするなんて思わなかったんだ……」

半ば涙声《なみだごえ》でランダはつぶやく。

この森のことで、人とエルフがごたごたしていたのは、彼が生まれるはるか前。人がエルフに対して抱《いだ》く、知性的で争いを好まない、というイメージもある。

接触《せっしょく》された時点で気づけ、というのも酷《こく》な話だろう。

疑うだけなら、それこそ同じエルフのアライナが、実は送り込まれたスパイでは——と考えることもできるのだが、それは絶対ありえない、とあたしは確信している。

理由は簡単。

人づきあいが壊滅《かいめつ》的に苦手な内弁慶《うちべんけい》、なんぞとゆーのは、スパイとして致命的《ちめいてき》に不適格だからである。

相手がもしこんなんをスパイとして送り込むような間抜《まぬ》け揃《ぞろ》いだった日には、事件はあたしたちがアテッサに来る前に解決している。

「——なあ——」

ランダは顔を上げ、すがるようなまなざしをゼルに向けて、

「本当に——彼女は——リュシッダはあいつらの仲間なのか……？　何かの間違《まちが》いってことは……？」

「間違いない」

しかしゼルは断言する。

「テシアスたちと一緒《いっしょ》にいた。たしかに街の内部情報を集めてきていたな。

街の外で一戦交えた時にもあの鎧を見かけた。

あの鎧は、テシアスにとって信用の置ける者にしか渡《わた》さんだろう。信用していなかった
おれには鎧の存在すら隠し通していたからな」

戦った時は素顔ではなく、翼をちらりと見ただけだったが、敵の一人であることに間違
いはない。

「じゃあ――」

彼は絶望の表情で、

「俺は――まんまと乗せられて――街を狙ってる奴《やつ》に情報を流してたってのか――だから
ずっと出し抜《ぬ》かれて――」

落ち込むのはわかる。そういえば、相手がエルフと知らされた時、彼が動揺《どうよう》していたの
は、自分がだまされて利用されていたと認めたくなかったからか。

だが。

「そんな――俺は――俺はどうすれば――」

「知るかぁぁぁぁぁぁぁっ！」

びすっ！

叫《さけ》びとともに、あたしはランダの頭にチョップを一発！

『えええええええええっ⁉』

なぜか驚き叫ぶみんな。

そんな意味不明のリアクションは無視してあたしは続ける。

「今はみんなであんたのうじうじにつき合ってるヒマはないっ！　責任取るだとか後悔《こうかい》だとか、そーゆーのは全部終わったあとでやることっ！

まず第一に考えなくちゃあなんないのが、これからどーするか、ってことよっ！」

「……え……いや……まあ……そーなんだけど……？」

混乱のまなざしで、なおも何やらつぶやくランダに、

「どーしても責任取りたいならこれから活躍《かつやく》して埋め合わせすることっ！　処遇《しょぐう》はマクライルさんにおまかせっ！　以上っ！

──さて」

あたしは部屋の一同をぐるりと見回し、

「さっきも話したけど、あたしは連中に、『街に手を出したら森を破壊《はかい》する』って言っといたから、あたしたちが街にいたら、連中はたぶんそこを狙《ねら》って街ごとつぶしに来る。

だからあたしたちはこれから必要な荷物を持って街の外に行って、居場所を移しながら動くわ。

このへんのことは、マクライルさんからアメリアの方にも伝えといて」

「そっちの居場所は教えてくれるんですか？」

マクライルさんの問いにあたしは左右に首を振《ふ》り、

「もし誰かに伝えたら、連中は、あたしたちの居場所を知るために、その誰かを狙ってくる可能性もあるわ。

そーゆーのを防ぐため、場所は教えず、基本、連絡《れんらく》はこっちからにさせてもらうわ。

とりあえず今は食料なんかの補給がしたいから用意を頼《たの》める？」

「もちろんです。あ、こちらからもご報告が」

と、マクライルさん。

「相手の正体がわかり、街が攻撃《こうげき》されたことで、町長は正式に、王都ゼフィーリアに援軍《えんぐん》を要請《ようせい》しました。

ただ、即座《そくざ》に援軍が出されたとしても、到着《とうちゃく》には十日以上かかる計算になります」

「十日？」

あたしは眉《まゆ》をひそめて、

「早くない？」

この街から王都まで、片道でそれくらいかかるのだ。

「使いのひとが王都に着いて、すぐさま兵士が出たとしても、もっとかかると思うけど」

「――ああ。この街の魔道士《まどうし》協会には、王都の魔道士協会と通話ができる部屋があるらしくて、そこを使ったようですから。もう話は向こうに通っています。

とりあえず伝言しただけですから、王国からの正式な返答はまだですけど」

「おっけーりょーかい」

と、あたしは納得。

正規の兵士は置かずに自警団が主力、とはいえ、国境近くの街としての、万一の備えはしてある、ということか。

「あ、それなら明日にでも、相手は強力な武装をしてる、って追加で伝えてもらえるといいかも。

具体的には光線で攻撃してきてこっちの攻撃呪文《じゅもん》が効かない感じで」

ぶッ！

あたしの端的《たんてき》な説明に、マクライルさんは小さく噴《ふ》くと、

「……マジですか……？」

「こんな時に冗談《じょうだん》なんて言わないから」

「勝てるんですか!? 　そんなのに!?」

「勝つしかないでしょ。そんなのでも」

「……わ……わかりました。伝えてもらいます。

他にこちらにできることは？ 　必要なら自警団も動かしますけど――」

「今はまだ、それはいいわ」

提案にあたしは答える。

「おおぜいが出たからって、テシアスたちが退《ひ》いてくれるとは限らないし」

むしろ数だけ出たところで、ザナッファーたちが相手なら、ただ被害《ひがい》を大きくするだけになりかねない。

「場合によってはいろいろお願いするかもしんないけど、その時にはよろしく」

「もちろん。できる限り」

マクライルさんは力強くうなずいた。

――ゼフィーリアからの援軍はありがたくはある。できればあたしも、あとは全部そっちに任せてさよならしたいところだが……ザナッファーと戦ったことのない兵士が、彼らにどこまで対抗《たいこう》できるのかもわからない。

それこそ郷里《くに》の姉《ねえ》ちゃんあたりがふらりとやって来てくれれば、半日程度で全部片付きそうな気もするが……

しかしそもそも問題なのは、あたしにクギを刺《さ》されているとはいえ、テシアスたちが十日もおとなしくしているだろうか、というところである。

こちらの援軍くらいは向こうも想定しているはず。

ならば――しかけてくる日は近いのかもしれない――

鞘《さや》走りの音とともに、薄闇《うすやみ》に淡《あわ》い紫《むらさき》の光が現れた。

『……これって……？』

アライナのつぶやきがわずかにかすれて聞こえたのは、はたしてあたしの気のせいか。

壁《かべ》に灯《とも》した魔力《まりょく》の明かりを反射しているのではない。自身が仄《ほの》かな光を纏《まと》う細身の刃《やいば》。

『何……？』

「言ったでしょ。あたりの魔力に反応して切れ味を増す刃――って」

あたしは応《こた》えた。

――街でマクライルさんたちとのやりとりが済んだあと――

あたしたち一行は、必要な荷物だけ取ると、アテッサの街をあとにして、隠《かく》れ家《が》に決めた廃坑《はいこう》の奥へと戻《もど》ったのだった。

もちろん、尾行《びこう》などがないことは道々確認済みである。

ひんやり湿《しめ》った廃坑の中、ランプが照らし出すのはコケのじゅうたんと夕ペストリ。干し肉とパンで食事を済ませ、ひと息ついたそのあとで、アライナに、ガウリイの剣《けん》の封印《ふういん》解除を頼んだのだ。

彼女は宿から持ってきたザックをかたわらに置くと、作業を開始。あたしとガウリイ、ゼルはまわりで見物である。

アライナはガウリイから渡された剣を静かに鞘から抜くと、吸い付けられるように、刃に視線を向けたまま、

『原理はわかりますけど……何なんですこの術式……』

「術式？」

『見ればわかるでしょ。刀身にびっしり書かれた――ああ、そういえば人間には読めないんですね』

人間には読めない――ということは、精神世界面《アストラル・サイド》に属する文字――のようなもの、なのだろうか。

「エルフってそれが文字に『見える』の？　少なくともあたしには、ぼんやり紫色に光っ

てるようにしか見えないけど――」

『どう言ったらいいのか……髪《かみ》の毛より細い小さな文字が何重にもなってびっしり書き込まれている感じなんですけど……魔力で切れ味増加というのは理解できますけど、細部が複雑すぎて……これ、相当の武器ですよ』

うん。知ってる。

あたしはあえてそうとは口に出さなかったが、ガウリイの方はさらりと、

「ブラスト・ソードとかっていったかな？」

『ブラスっ……!?』

アライナは顔をはね上げてガウリイを見やると、

『何言ってるんです!? それ、伝説の剣ですよ!? ……っ、でもっ……これっ……？』

ふたたび刀身に目を落とし、

『……本物……かも……』

「これの前は光の剣持ってたんだけどな」

『……さすがにその冗談は……かえって嘘《うそ》くさいです』

視線も向けずに言うアライナ。……まあ、信じてもらえないのも無理ないとは思うけど。

「で？ どう？ 切れ味を落とす封印、解けそう？」

『たぶん大丈夫《だいじょうぶ》です。いつか誰《だれ》かが解く前提でかけられた封印のようですから』

言いながら彼女は、ザックからさまざまなものを取り出し、あたりに並べてゆく。

糸巻き。何かの薬が入った小ビン。小さな水晶《クリスタル》――いや、色からすると天青石《セレスタイト》だろうか。何かの骨のかけらに、乾燥《かんそう》させた草葉などなど。

並んだあれやこれやの中には、魔道にひと通り通じているはずのあたしから見ても、正体不明なものがいくつもあった。

これからあたしが目にするのは、おそらくエルフの魔道技術。

人間に同じマネができるかどうかは知らないが、魔道士たるあたしにとって、興味深いことこの上ない。

近くに寄ってガン見したいところだが、それでアライナが緊張《きんちょう》してしくじったら意味がない。ランプの灯りが届くか届かないかビミョーな位置から、こっそりガン見することにする。

彼女は小ビン一つのフタを取り、中身を少しだけ、左人さし指の腹に取る。

――なんだか粉のようなもの。それは何かと聞きたいが、作業を中断させたくないので口はつぐんでおく。

右手に糸巻きを取り、糸の端《はし》を、左の人さし指と親指でよりあわせるようにして、さきほどの粉をつけてゆく。

指と指との間から、粉のついた糸がするすると伸《の》びて——普通《ふつう》ならだらりと垂れるはずのそれは、淡い光——斬妖剣《ブラスト・ソード》の刀身が纏うのと同じ、薄《うす》紫の光を帯びて、支えるもののない空中を進み、刀身に触《ふ》れるとともに——

「糸が消えた……？」

声を上げるガウリイに、アライナは、糸と刀身に目を向けたまま、

『消えたんじゃあなく、糸が封印の術式の文字をなぞって縫《ぬ》ってるんです』

「なるほどー」

何一つ理解していないこと丸わかりな、ガウリイのてきとー極《きわ》まりないあいづち。

『封印の文字を、触媒《しょくばい》を使って糸と一旦《いったん》同化させてから取り除くだけです』

だけ、って。

わけのわからないことを言う。

つまり、文字を糸でなぞってから糸を取ると文字も消えるよね、と言っているようなものだが——そのわけのわからないことを実行できるのだろう。

アライナは指先で糸に粉をつけてゆき、送り出す。

そんな地道な作業がどれくらい続いたか——

やがて彼女は手を止めて、小さく小さく息をついた。

右手で別の小ビンを手に取るとフタを開け、手元の糸に向かってかたむける。

ビンの口から、とろりとした赤い液体が出てくると、ゆっくりあふれたそのひとしずくが糸に触れた――

瞬間《しゅんかん》。

朱《あか》が、走る。

おそらく液体が、糸に纏わせた粉と反応したのだろう。朱い光が糸を伝って一気に伸びて、薄紫に光る刀身の上を縦横に駆《か》け抜《ぬ》け、朱く光る緻密《ちみつ》な文様《もんよう》――あるいは文字を浮《う》かび上がらせた。

アライナが。

何かをつぶやいた。

おそらく呪文なのだろうが、それはあたしの知る、術を行使するための混沌の言語《カオス・ワーズ》ですらなく、意味はわからない。

とたん。

――ぱきんっ。

小さな小さな音を立て、朱い文様が刀身からはじかれたかのように飛び出て砕《くだ》け、刹那《せつな》虚空《こくう》でさらに光を強めると、光の残滓《ざんし》となって廃坑の薄闇へと溶《と》け消えた。

同時に刀身の薄紫のかがやきが、わずかに――だがあきらかに強さを増す。

『これで大丈夫なはず』

アライナはあたしに目をやり、うなずくと、

『試してみてください』

「――ガウリイ、お願い」

「おうっ！」

ガウリイは進み出ると剣の柄《つか》を手にしてあたりを見回し、洞窟《どうくつ》の隅《すみ》に転がっていた、てのひらをひろげたサイズの石に歩み寄る。

剣の刃を立て石に触れさせ、何やら感触《かんしょく》を確かめて、

「……ん……」

無造作に腕《うで》を動かすと。

すこんっ。

まるでよく切れるナイフでリンゴを両断するような音を立て、石はあっさり両断された。

……んーむ……やっぱし斬《き》れすぎ。

ガウリイは刀身をまじまじと眺《なが》めつつ、

「やっぱりこれ……納めると鞘《さや》斬れるよな？」

それを見ていたアライナも、

『……この剣作ったひとって……あほなんですか？』

「あたしもちょっとそう思う。」

職人なんかで時々いるけど。ある程度技術を極めちゃったもんで、自分がどこまでできるか試したくて、とんがり過ぎて実用性に欠けるモノ作っちゃう人っ！

この剣を作ったのが誰なのか、答えは伝承の中にすら残っていないが、たぶんそのタイプの人なのだろう。

斬れすぎてむしろ扱《あつか》いにくかったせいだろう。最初にこれを手に入れた時は、この刀身の上にさらに別の刀身をかぶせてあったのだ。本末転倒《ほんまつてんとう》とゆーか、完全に何かを見失っている。

「これならザナッファーの装甲《そうこう》も斬れるとは思うけど、ずっと抜き身で持ってないといけないのか、とか思うと――」

説明に、アライナはしばし考えてから、

『――なら鞘の内側の方に、中身の切れ味を封印する術式を描《か》く、というのはどうです？それなら鞘を内側から斬るようなことはなくなると思いますけど』

「ナイスアイデアっ！　できるのアライナ⁉」

『やりましょうか？　今から』

「ありがとーっ！　お願いっ！　ガウリイ！　鞘貸して鞘！　あと終わるまで剣は持ってて！」

アライナはあたりに出した石を並び替《か》え、骨やら葉っぱやらをザックの中へと戻すと、別の葉っぱや小枝を取り出す。

……………

「――ところでアライナ、聞きたいんだけど、その石とか葉っぱとかって何か意味あったの？　全然使わなかったけど」

『――え？』

アライナは一瞬、きょとんっ、とした表情を浮かべてから、

『ああ――配置して儀式用魔法陣《ぎしきまほうじん》を作ってるんです』

「配置して儀式用魔法陣をっ⁉」

またエラいことをサラッと言われ、あたしは思わず声を上げる。

あたしたち人間の間では、何かの儀式用の魔法陣といえば、さまざまな素材や魔道薬などをインクにして、ある程度の大きさに陣を描くのが普通である。でもってそれに、いろ

いろな魔術の道具を配置することもある。

それを——言っちゃあなんだが、そこいらへんにありそーなモノを一見てきとーに配置しただけで、同じような——いや、ひょっとしたらより高性能な陣を作ってしまったということか。

「……ひょっとしてそれも、陣が完成したら、エルフには『見える』わけ？」

『ええもちろん。完成しなければただの石や草ですけど』

あたしはしばし考えて、ダメモトで聞いてみる。

「いちおー聞いてみるけど……

そーゆー陣を作って、誰かの魔力を大幅増幅《おおはばぞうふく》すること、なんてできる？」

『できますよ。場所と必要な道具があれば』

答えはさらりと返ってきた。

「できるんだ⁉」

『ええ。けど、たとえばリナの魔力を増幅するとしても、陣から出ると当然効果は切れますし、陣の中に立って撃《う》った攻撃呪文《こうげきじゅもん》の威力《いりょく》が上がるくらいですよ』

「うん。それはわかる。

実はあたし、前に、魔力を増幅させる呪符《タリスマン》なんてものを持ってたことがあるんだけど、いろいろあって失くしちゃって。

その時に使ってて、今は使えなくなった術のストックとかがあるのよ。

もしそれが限定的な状況《じょうきょう》ででも使えるようになったら、何かの役に立たないかなー、と思って。

――あ。ほかにもくわしく聞きたいんだけど――」

実際に使えるかどうかはさておいて、もし何かに使えればラッキー。

あたしはしばし、エルフの魔術に関するあれやこれやと根掘《ねほ》り葉掘《はほ》り、アライナに聞きまくるのだった――

四、確執《かくしつ》の森は静かに佇《たたず》んで

蒼穹《そうきゅう》を翼《つばさ》が渡《わた》る。

知らなければ、何かの鳥だと思っただろう。

「──行ったか?」

木陰《こかげ》に身をひそめてゼルが言う。

「見えなくはなったな」

と、これはガウリイ。

「じゃあ──行きましょ」

あたしのことばにうなずいて、一同はふたたび歩きはじめた。

数日後──

あたしたちは、ねぐらにしていた廃坑《はいこう》を出て、森の中を歩いていた。

風が草葉をそよがせる中──

ふと。

鳥と虫たちの声がとだえた。

——来る——！

思ったその瞬間《しゅんかん》！

彼方《かなた》から飛び来た一条の光が、あたしの胸を貫《つらぬ》いた！

ザナッファーの閃光の吐息《レーザーブレス》か！

同時に。

『フォゴゥル！』

アライナが術を発動させ、あたりを白霧《びゃくむ》が埋《う》めるとともに、胸を貫かれたあたしと一行、合計四人の姿が消える。

もちろん言うまでもないが、たった今、光に貫かれたのは幻《まぼろし》。

術を使ったのはアライナである。原理は蜃気楼《しんきろう》みたいなもので、何かを別の場所に、立体的に映し出すもので、エルフの間ではわりとポピュラーな呪文《じゅもん》らしい。

つくりものの大きな化け物をこれで映して驚《おどろ》かせて、野盗《やとう》や害獣《がいじゅう》を追《お》い払《はら》うこともよくあるのだとか。

像が移動する、というのが特筆すべきところ。もちろん近くで見たなら不自然さは隠《かく》せないが、遠目で見破るのはむずかしい。

たぶんテシアスたちからは、閃光の吐息《レーザーブレス》でこちらの一人を倒《たお》したとたん、霧《きり》で目くらましをかけられたように見えただろう。

ならば当然、確認しようと近づいてくるはず。

それこそこっちの狙《ねら》い目。

なにしろ、今日あたしたちが外を歩いていたのは、ほかでもない。テシアスたちに見つかって、しかけてきてもらうのが目的なのだから。

あたりが白霧で埋まるとともに、一同一斉《いっせい》に駆《か》けだした。

向かうは今の閃光の吐息《レーザーブレス》の発射点。

――おそらく相手の動きはこんなところだろう。《翼》がこちらを見つけたら、やや距《きょ》離《り》を置いて全員で包囲し、長距離からの一撃《いちげき》を合図に一斉攻撃《こうげき》。

対するこっちは、虚像《きょぞう》をおとりにテシアスたちを引きつけて、白霧で目くらましをかけ一方向に突破《とっぱ》し、そこからの各個撃破《げきは》。

まず狙うのは、最初の一発を撃ってきた相手。

長距離の射撃《しゃげき》が得意――となると、相手はおそらく、前に白霧の中で、あたしを正確に弓矢で狙ってきた相手。《一つ目》の装着者サガン。

駆けるうち、視界の端《はし》にちらりと何かが動く。小さな影《かげ》が、こちらと並ぶように——

霧を透《す》かした少し向こう。小鳥だろうか。

「よけて！」

あたしが声を上げるとともに、全員、右へ左へと跳《と》び——

うぁっ！

閃光が一同の間を駆け抜《ぬ》ける！

閃光の吐息《レーザーブレス》！

「ガウリイ！　近くに見慣れない変な小鳥みたいなのがいたら片っ端から斬《き》って！」

「わかった！」

応《こた》えるやいなや、早速《さっそく》何かを見つけたか、彼は横に跳びざま剣《けん》を抜き放《はな》つ！

薄紫《うすむらさき》の燐光《りんこう》が白霧に残光を刻む。

ぼたり、と何かが地面に落ちる。

「どんなのを斬ったの⁉」

とあたしが問えば、

「灰色の、鳥？　けど血も出なかったぞ！」

「それでオッケー！　似たの見つけたらどんどん斬って！」

「何なんだ⁉」

尋《たず》ねるゼルにあたしは答える。

「たぶん《一つ目》の端末《たんまつ》！　相手はそれを使ってこっちの場所を探知してる！」

かつてサガンは霧の中、弓矢で正確な狙撃《そげき》を見せた。

あたしはそれを、森の小動物か何かを使い魔として、木陰や葉陰に潜《ひそ》ませて、こちらの位置を特定しているのではないかと推測したのだ。

――もちろん装着者を精神世界面《アストラル・サイド》で遮断《しやだん》するザナッファーは、同じ要領で使い魔を操《あやつ》ることはできない。

が、彼らのザナッファーが個々人に合わせて調整されているのなら、似たこと――使い魔にあたる端末に、こちらの位置を探らせるようになっているのではないか。

推測に推測を重ねた想像だったが、どうやら当たりだったようである。

下草を蹴《け》り立てて一同は駆ける。ガウリイが抜き身の剣をふるうたび、《一つ目》の端末が断たれて地に落ちる。

森の木々に遮《さえぎ》られてか、端末がいくつかやられた影響《えいきよう》か、閃光の吐息《レーザーブレス》の次弾《じだん》は来ない。

何より一番の収穫《しゆうかく》は、ガウリイの剣で端末――言いかえると同じ材質でできているだろうザナッファーが斬れるとわかったことだろう。

と。

どんッ！

向かう先、上空で爆発音《ばくはつおん》。

《一つ目》が、自分が狙われていることを知らせるために、装甲《そうこう》を開いて、派手な音がする何かの術を上空でぶちかましたのだ。

ならば。

「あっち！」

あたしはてきとーに右手を指す。

即座《そくざ》に意図を理解してくれて、全員で直角に進路を変更《へんこう》。駆けつつアライナがまたまた白霧の術で煙幕《えんまく》を展開。

あのままままっすぐ進んだら、たぶん《一つ目》は場所を移動して姿をくらまし、そのうち他のザナッファーたちに囲まれる。

なら進路を変え、他のと当たる方がマシ。

コースを変えて駆けて――間もなく。

ダかタッ。ダかタッ。ダかタッ。

横手から音が聞こえた。

大地を蹴ってこちらに近づく足音は、リズムからして馬を思わせた。

もちろんこんな所をこんなタイミングで、普通《ふつう》の馬が走っているとは思えない。ならそういうタイプのザナッファーと考えた方がいいだろう。

「ゼル、地面！　ガウリイ、斬って！　アライナはいざって時にお願い！」

「ああ！」

「わかった！」

『え!?　え!?』

あたしのことばにアライナ以外が即座に反応。

あたしとゼルは呪文を唱えつつ木陰に身を潜め、ガウリイは足音が近づいて来る方を向いて剣を構える。

アライナはわずかにおろおろしたあと、そばのしげみに身を隠す。

ほとんど同時に。

ダかタッ！　ダかタッ！　ダかタッ！

ま近に迫《せま》る音とともに、白霧の先に浮《う》かぶ影！

巨大《きょだい》な馬の、首のかわりに人間の上半身をくっつけた――半人半馬のシルエット。その両手、右と左に一本ずつ、長槍《ちょうそう》のような得物《えもの》を構えている。

《人馬》はこちらを見つけるなり、

「――人間があぁぁぁァッ！」

男の声で吠《ほ》えてさらに力強く地を蹴った！

それなりの密度で木が生えている中、速度を落とさず――むしろ増しながらこちらとの距離を詰《つ》めてくる！

思ったより速いっ⁉

あたしは大地に手をついて――

「地精道《ベフィス・ブリング》！」

トンネル掘《ほ》りの術である。これを、地面のすぐ下、地表と平行に伸《の》ばしてやれば、長細い即席《そくせき》落とし穴のでき上がり！

そしてゼルは――

「地撃衝雷《ダグ・ハウト》！」

大地の槍《やり》を生み出す術！

これらで二重に足止めし、ガウリイの剣技で脚《あし》の一本でも奪《うば》えれば――

だがしかし。

想定外はいつでも起きる。《人馬》の加速があたしの予想を上回ったのだ！

──その瞬間に起きたことを、あたしは決して忘れないだろう──

まるで時間が遅《おそ》くなったかのように、全ての光景が脳裏《のうり》に焼きつく。

《人馬》の前脚が、あたしの術でできた落とし穴をまともに踏《ふ》み抜いた。

前脚が引っかかってつんのめったそこに──

馬の腹のま下から、ゼルの術が生み出した大地の槍が突《つ》き上げる！

さすがに大地の槍の強度では、ザナッファーの装甲を貫くには至らず──

結果。


──ものっそい飛んだぁぁぁぁぁっ⁉

「あアァァァァァァァァアあッ⁉」

わめきながらぐるんぐるん縦回転で吹《ふ》っ飛ぶ《人馬》！

「を⁉　を⁉　を⁉　を⁉」

ガウリイもさすがにこの事態には驚いたか、それでもあわてて後ろに下がって位置調整。

落ちてきたところを──

ざんっ！

一閃《いっせん》！

《人馬》はそのまま落下して、ガウリイの後ろの方の地面に、ボてごキざしゃぁぁぁゴっ！

敵ながら、なんかかわいそうな音を立てて落下した。

……しーん……

一瞬《いっしゅん》の沈黙《ちんもく》。

「……こっ……！」

それでも意識はあったらしく、《人馬》がわずかに——

『えいっ。』

あ。アライナがダメ押しした。

ずばあああああん！

彼女の術で出現した、大地を変形させた巨大な槍——いや、破城槌《はじょうつい》が、ふたたび《人馬》を空中高くはじき上げる。

舞《ま》った《人馬》の馬の胴《どう》が、二つに折れちぎれるのが見えた。

——たぶんガウリイの斬撃が最初に入り、一刀両断とはいかないまでも深手を負わせたところに、落下の衝撃《しょうげき》とアライナのダメ押しで、とうとうぽっきりいったのだ。

笑えると言えば笑えるのだが、笑っちゃいけない気の毒感。

……これは……こっちの運が良かったとゆーか、相手の運がひたすら悪かったとゆーべきか……

……えーっと……敵ながら、なんか、ごめん。

二つになった《人馬》はぼとぼとと地面に落ちる。一同無言で見つめる中――

「……う……ぐ……」

装着者の呻《うめ》きが聞こえた。

――そうか。装着者が包まれているのは《人馬》の上半身と前脚部分！　馬の腹が両断されても装着者に傷はない！

悟《さと》って身構えるあたしたち。ガウリイも地を駆《か》け、迫り――

「な……舐《な》めるな！　人間ふぜいがぁぁぁぁぁぁッ！」

吠えて《人馬》の前半分は――

地面に転がったまま、わずかにびくびく動くのみ。

様子のおかしさにとまどい、距離《きょり》を置いてガウリイが足をゆるめる。

「この程度の損傷っ！　このっ！　ザナッファーのっ！　力をっ！　もってすればっ！　もってっ！　すればっ！　重っ!?　ちょっ!?」

もがく姿を眺《なが》めつつ――あたしはふとあることに気がついた。

よね？

「——ねえ、中の人！」

　呼びかけに反応して動きが止まる。どうやら聞こえてはいるらしい。

「ひょっとしてだけど、生体封魔装甲《ふうまそうこう》ザナッファー、ってことは鎧《よろい》そのものが生きてるのよね？

　なら鎧が死んじゃったら、何もできなくなるんじゃないの？」

　——閃光の吐息《レーザーブレス》の発射はもとより、まともに動かすことさえも。

「——えっ。」

　中の人のぼーぜんたる声。

　しばらくもごもご動いていたが——

「——くそっ！　こうなればっ！」

　ばがんっ！

　音を立てて鎧がはじけ飛ぶ！

　たとえザナッファーが死んでも、鎧の強制排除《はいじょ》はできるようになっているらしい。

　解放され、中から現れた男がゆらりと立ち上がる。

　こちらに向かって顔を上げ——

　その顔に。

ごむっ。

跳《と》び蹴《げ》りをかましたあたしの靴裏《くつうら》がまともに直撃《ちょくげき》した。

一撃で完全にノびた中の人を見て、

「こいつは――カシディアル!?」

ゼルが驚《おどろ》きの声を上げる。

『フォレストハウンド』に潜《もぐ》り込んでいた彼の知った相手だったのだろう。

「連中の一人――よね？」

と、あたし。

「ああ。使い手なんだが……ずいぶんな倒《たお》れ方をしたと思ってな……」

「あー……」

まあ確かに今のは……

ガウリイも困惑顔《こんわく》で、

「――えーっと……

で、どうする？　なんか、トドメ刺《さ》すのって、すっげぇ気がひけるんだけど……」

「……う……うーん……」

さすがにあたしもこれには迷う。

たしかに彼の言うとおりなのだが……気がつかれて呪文攻撃《じゅもんこうげき》にでも転じてきたらやっかいである。

しかし迷う時間もないうちに。

『マインドラスプ！』

ずどんっ！

アライナが問答無用で何かの術を、気絶したエルフにたたき込む！

「——ちょっ——!?」

『……あ。精神にダメージを与《あた》える術です』

思わず抗議《こうぎ》の声を上げかけたあたしに彼女は言う。

『これで何日かは目は覚めないでしょうし、もし起きてもしばらくまともに術は使えなくなりますから……』

なるほど。人間《あたしたち》が使う烈閃槍《エルメキア・ランス》みたいなものか。

「ならナイス！」

とあたしはサムズアップ。

ザナッファーが全部で何体いるのかは不明だが、とりあえず、これで一つ！

他のもみんなこのノリで片付けられればいいのだが……さすがにそうそう都合良くはいかないだろう。

今の戦いの様子はたぶん《一つ目》の端末《たんまつ》で見られている。その上で次は――

どうするかを決める前に。

「次だ！」

吠えたガウリイの視線を追えば、霧《きり》の向こうからにじむ影《かげ》！

《人馬》との事故――もとい。戦いの音を聞きつけた別のザナッファーが来たか!?

不意打ち先制といきたいところだが、攻撃呪文が効かない相手なのがどうにも歯がゆい。

霧の奥から浮《う》かび出て来たのは、重甲冑《かっちゅう》そのものだった。

腕《うで》も太く脚も太く胴は厚く、首はほとんど胴に埋《う》まってしまっている。要所要所にトゲトゲ付き。盾《たて》や武器は手にしていないが、もし人食い巨人《オーガ》用の重甲冑を作ったならば、こんな感じになるだろう。

もちろんザナッファーには違《ちが》いあるまい。全身は灰色で、背中からは触手《しょくしゅ》が四本。それぞれの先には閃光の吐息《レーザーブレス》の発射口とおぼしきルビー色のものが見てとれた。

《重甲冑》はこちらの影を認めるなり、地を駆けてこちらとの距離を詰め――

「――な……っ!?」

動揺《どうよう》の声を上げ、足を止める《重甲冑》。

装着者の視線は見えないが、《人馬》の残骸《ざんがい》に驚いたのは間違いない。

「馬鹿《ばか》な……!? あのカシディアルがっ……!?」

仲間が倒されて動揺するのはわかるがスキがありすぎるっ！

「黒霧炎《ダーク・ミスト》っ！」

ゼルが呪文を発動させる！

ひと部屋ぶんほどの範囲《はんい》に黒い霧を発生させる術である。攻撃力はなく、視界を奪《うば》うだけのもので、普通《ふつう》は相手を包むのだが、今回ゼルが発動させたのは相手のすぐ横。

《重甲冑》が動揺していたところに、突然《とつぜん》ま近に黒い空間が出現したのである。

「──!?」

反射的にそちらを向いて、距離を取ろうとあとずさり。

闇《やみ》に隠《かく》れて中から攻撃──と、とっさに読んだのだろうが、逆。

《重甲冑》の意識が黒霧に向いた刹那《せつな》、ガウリイが地を蹴《け》りまわり込み、相手の後ろから迫《せま》る！

だがその時！

「ウィンブラスト」

ぼっ！

声とともに《重甲冑》が爆《は》ぜた！

そのいきおいで後ろに吹《ふ》っ飛ぶガウリイ！

──いや──破裂《はれつ》の直前、自分で後ろに跳んで威力《いりょく》を殺したのだ。

着地したところの足下《あしもと》を狙《ねら》って、閃光の吐息《レーザーブレス》が二連撃！　ガウリイはさらなる後退を強《し》いられる。

「無事か⁉」

問う声はテシアスのもの。霧の先から《二本角》が現れる。

彼は《重甲冑》にガウリイが迫るのを目《ま》のあたりにして、攻撃呪文を放ったのだ。ガウリイではなく《重甲冑》に。

ガウリイを狙えばかわした上で《重甲冑》に攻撃をしかけた可能性もあったが、逆に《重甲冑》を狙えばそちらはザナッファーに守られて無傷、ガウリイは近寄れば必ず巻き込まれる。敵ながら悪くない判断である。

しかし──テシアスが今の攻撃呪文をぶっ放したにしては、《二本角》の装甲が開いているように見えないのが気になるが──

「俺は無事だが──カシディアルがやられた！」

《重甲冑》の答えに《二本角》のテシアスは、

「馬鹿な⁉　カシディアルほどの男が⁉　ザナッファーを身につけていながらか⁉」

と驚愕《きょうがく》の叫《さけ》びを上げる。

……つーか《人馬》の中の人、仲間うちからの評価、高っ。

ゼルも言っていたが、ひょっとして、まともに戦っていたらけっこーな強敵だったりしたのだろうか。

「……俺は……『見て』いた……」

くぐもった声とともに、横手、霧の奥からにじみ出たのは《一つ目》サガン。

ガウリイにやられていない端末を使って、状況《じょうきょう》を把握《はあく》していたのだろう。

「接触《せっしょく》と同時に……信じられんほどの連携《れんけい》で……瞬時《しゅんじ》に……」

言う声が動揺にかすれている。

……まあ……信じられない連携とゆーより、ほぼ出会い頭《がしら》の事故なのだが、それを訂正《ていせい》する義理はない。

端末が映像だけを届けているなら、あの時のガウリイの、とまどいまくった声は《一つ目》には届いていないのだろう。

ならばっ！

「トドメは刺さないであげてるわ！」

相手がひるんでいるならカサにかかるのみっ！　ここぞとあたしは声を上げる。

「けどこれ以上続けるなら、次からは手かげんできないわよっ！」

いきさつはどうあれ、《人馬》を倒したのはまぎれもない事実。しかもこっちは誰《だれ》も欠けぬまま。

テシアスたち『フォレストハウンド』の行動が過激化した理由がザナッファーを手に入れたことにあるのなら、そのザナッファーを一体とはいえ倒されたのは、かなりの衝撃《しょうげき》に違いない。

呼びかけに、彼らは動揺の色をあらわにし――

突然。

ガウリイが疾《はし》る。

立っていたアライナをつき飛ばし、一緒《いっしょ》に転がり――

今し方までアライナがいた空間を、閃光の吐息《レーザーブレス》が灼《や》き過ぎる！

目をやれば、木々と木々とのその狭間《はざま》、脚《あし》を伸《の》ばした灰色の影！

「ひるむな！」

《クモ》のルコーリアの声が響《ひび》く。

「私のザナッファーを信じろ！　相手はこちらの鎧《よろい》を斬《き》る手段を持っているようだが、おそらく切り札はそれだけだ！　術がこちらに効かないことに変わりはない！」

──ちっ！　見抜《みぬ》かれたか！

私の、ということは、このザナッファーたちを作り上げたのがこいつか！

「──でも──！」

声とともに翼《つばさ》をたたみ、《クモ》のそばに《翼》のリュシッダが舞《ま》い降《お》りる。皆《みな》が集まっているのを目にしてやって来たのだろう。

これで六名──

ゼルの知るところによれば、『フォレストハウンド』メインメンバーほぼ全員のはずである。

……さすがにこれでザナッファーは打ち止めであってほしいもんだが……

「実際にカシディアルが倒されたのよ！　あのカシディアルが！」

「落ち着いて対処すればいいだけの話だ！」

うろたえる《翼》に《クモ》が吠《ほ》える。

「並んで閃光の吐息《レーザーブレス》を並列斉射すれば確実に殺せる！」

やばいっ！　それはさすがに苦しい！

だが。

「しかし！　それでは森の木々が！」

仲間の《重甲冑》から上がる抗議。それを《クモ》は一蹴《いっしゅう》する。

「今！　森の一部を傷つけるのと、ここであきらめてこの先ずっと人間が森を蹂躪《じゅうりん》するのを眺《なが》め続けるのと、どちらを選ぶ!?」

「――」

「やるぞっ！」

《クモ》の号令と同時に――

「炸裂陣《デイル・ブランド》っ！」

と今度はあたしの呪文！　こちらとあちらの間の地面を、はじけ、吹き上げさせる！

その土砂を目くらましに――

「走って！」

あたしの叫びに全員、ザナッファーたちから離《はな》れるように駆《か》けだす！

「逃《に》がすな！」

《クモ》の声！　背中に逃《のが》れようのない殺気が突《つ》き刺《さ》さる！

背後から閃光の吐息《レーザーブレス》の乱射がはじまる！

連中が隊列を整える前、炸裂陣《デイル・ブランド》の土煙《つちけむり》をはさんだせいで整然たる射撃《しゃげき》とは呼べないが、いつまで当たらずに済むかは——

「黒霧炎《ダーク・ミスト》っ！」

ゼルが後ろに黒い霧を生み射線をさえぎる。魔力《まりょく》の明りくらいはかき消す黒い霧だが、さすがに閃光の吐息《レーザーブレス》を止めることなどできるはずもない。

その時。

あたしたちの向かう先、霧にまぎれて佇《たたず》む白！

「水片鏡《アクアカレイド》っ！」

解き放たれた呪文とともに、まわりの空間がぐにゃりと歪《ゆが》み、すぐもとに戻《もど》り——

「——がぁっ——!?」

悲鳴は後ろから上がった。

何が起きたのか確かめたいところだが、あたしは目の前に立つ相手から視線が外せないでいた。

「——あんた——!?」

「来ちゃいましたっ！」

言って笑顔でうなずくと、アメリア＝ウィル＝テスラ＝セイルーンはガッツポーズを取ってみせたのだった。

——あたしは幻視《げんし》する——

アテッサの街。

塀《へい》の外から戦いの音。

まなざしに不安を浮《う》かべ、建物の中に閉じこもる人々。

あたしたちが戦っていることを知り、貴賓館《ゲストハウス》のテラスから、見えぬ戦場の方へと視線を向ける兵士たち。

そこに駆けてくるメイドさん。

アメリア姫《ひめ》がまたいなくなった。そう聞かされて全員コケる。

……たぶんそんな光景が展開されてるんだろーな……今頃《いまごろ》……

刹那、そんな幻《まぼろし》の中にトリップしてから、あたしは無理矢理意識を現実に引き戻す。

……アメリアのことを、成長したなー、と思ったこともあったけど、本質的なところはやっぱし変わってないらしい。

なんで来たの、と説教のひとつもしたいところだが、今はそんな場合ではない。

状況を確かめるため後ろをふり向く。

目の前――かなり広い範囲《はんい》の空間がちらついていた。

青と緑と白と茶と、大小でたらめな無数の断片が始終変化を続けている。

似ているものを挙げるとすれば、万華鏡《まんげきょう》――だろうか。

さっき風景が一瞬ゆがんで戻ったのは、あれの中をあたしたちが駆け抜《ぬ》けたせいか。

それが何かを理解する間もなく、ちらつきは突然《とつぜん》消えて、普通《ふつう》の空間へと戻る。

その先にひろがる光景は――

ゼルの放った黒い霧《きり》が、閃光の吐息《レーザーブレス》に裂《さ》き貫《つらぬ》かれ、残骸《ざんがい》となって虚空《こくう》に消える様。

さらに向こう。

『フォレストハウンド』メンバーの視線が集まる中。

《重甲冑《かっちゅう》》の腹に大穴が開いていた。


「……な……なんで……」

呆然《ぼうぜん》たる《翼》のつぶやきに反応したかのように、
ずんっ……

《重甲冑》はひざをつき、そのまま前に崩《くず》れ落ちた。

「ロンディウムっ！」「しっかりしろ！　おいっ！」

口々に《重甲冑》の装着者に呼びかける『フォレストハウンド』のメンバーたち。

《翼》の装甲《そうこう》各部が開き瞬時に折りたたまれて軽装鎧へと変わる。装着者、リュシッダは《重甲冑》に駆け寄り、回復呪文《じゅもん》らしきものを唱えはじめた。

ケガ人がザナッファーに完全に包まれていればもちろん効かないが、腹のあたりに穴が開いているなら――

「何をしているリュシッダ！　鎧を解くな！」

《クモ》の叱咤《しった》に――

「……退《ひ》こう」

こちらと油断なく対峙《たいじ》しながら、つぶやいたのは《一つ目》だった。

「何を弱気な――!?」

「閃光の吐息《レーザーブレス》がはね返されたんだぞ!?」

《クモ》と《一つ目》の怒声《どせい》が交錯《こうさく》する。

……って……

「……はね返された……!?」

あたしはぽーぜんとつぶやき、アメリアにちらりと目をやると、

「正確には屈折《くっせつ》と乱反射ですっ！」

彼女は大きくうなずき、言った。

むろんあたしもアメリア、『フォレストハウンド』の連中からは目を外さない。

「……アメリア、こんな術使えたんだ……」

つぶやくあたしに彼女は、

「前にザナッファーを倒《たお》した時！

わたしは、ザナッファーの作り方が他に流出する危険を考えましたっ！

そこでセイルーンに戻ったあと、万一の場合の対抗《たいこう》策として、魔道士協会のみなさんといっしょに今の術を開発したんですっ！

風を操《あやつ》って幻を映す術の応用で、さらに水も使って閃光の吐息《レーザーブレス》を屈折・乱反射させるらしいですっ！」

——そんな術を開発してたのか——

内心ちょっと感心する。

「……ってちょっと待って？

なんでアメリア、相手がザナッファーだって知ってるの？　街の人には言ってないはずだけど……？」

「相手は光線で攻撃《こうげき》してきてこっちの攻撃呪文が効かないと聞きましたっ！　そんなのザナッファーしかいないじゃないですかっ！」

言われてみればそりゃそーだっ！

アメリアもまた、かつてあたしたちといっしょにザナッファーと戦ったことがあったのだ。

特徴《とくちょう》を聞けば相手の正体に気づくのはとーぜんだっただろう。

「なら閃光の吐息《レーザーブレス》に対抗する術が使えるわたしが出るしかないじゃないですか！

狙《ねら》って反射できるわけではないんで、今回は反射か屈折したのがたまたま相手に当たったみたいですけどっ！」

またまた事故みたいなもん、ということか。

だが彼ら『フォレストハウンド』にとって、ザナッファー装着者のうち、二人があっという間に倒されたのは、かなりの衝撃《しょうげき》だったはず。

にらみ合いの間にさらなる相手の増援《ぞうえん》が来る様子はない。ということは、さすがに相手のザナッファーもこれで全部か。

「退こう！　テシアス！」

再度《一つ目》がうながす。

「まだ動くのは早かったんだ！　このままだと被害《ひがい》が増えるだけだ！」

……また……自分勝手な……

あたしは内心うんざりつぶやいた。

ザナッファーというオモチャを手に入れ、浮かれてさんざん街を荒《あ》らし、自分の仲間が傷ついたら、被害が増えるからもうやめよう？

子供か⁉

正座させてえんえん説教したいところだが、『わかりました。じゃあがんばって最後まで戦います』となってもそれはそれで困るので黙《だま》っておくけど。

が。

「ふざけるな！」

《クモ》が吠《ほ》える。

「今更《いまさら》『被害が増えるからやめよう』だと⁉　そんなことが許されると思っているのか⁉　私は顔を灼《や》かれたんだぞ⁉　森が蹂躙されているんだぞ！　カシディアルとロンディウムもやられた！　このままおめおめ引き下がれるか！　やれるはずだ！　やれるはずなんだ！　私が作り上げたザナッファーがあれば！」

「閃光の吐息《レーザーブレス》が封《ふう》じられても、か？」

《一つ目》の皮肉なつぶやき。

「──ルコーリア」

《二本角》テシアスの重い声。

「──退却《たいきゃく》だ──」

「──わかった──」

《クモ》の答えはなお重く──

とたん。

びくんっ！　と《重甲冑》が跳《は》ねる。

「なんっ……!?」

《一つ目》が、がくんっ、と震《ふる》え、

「どうし──なっ……!?」

テシアスの焦《あせ》りの声。

《重甲冑》に回復呪文を唱えていたリュシッダの軽装鎧《よろい》が突然変化し翼《つばさ》をひろげ、リュシッダを包み込──

「──っ!?」

だがリュシッダは包まれる直前、鎧を切り離《はな》して前に跳《と》ぶ。

愕然《がくぜん》とふり向くリュシッダの目前で、主《あるじ》を失ったはずの鎧はふたたび《翼》のザナッファーを形作る。

——何が起きた。なら私が戦う——⁉

「わかった。あたしは事態を理解した」

《クモ》の宣言に、あたりにはいまだ白霧が漂《ただよ》っている。

いくぶん薄《うす》まったとはいえあたりにはいまだ白霧が漂っている。

それに紛《まぎ》れて最初は気づかなかったのだが、よく見れば——

《クモ》から伸《の》びたいくつもの触手《しょくしゅ》——樹上にある時は巣のように見えていたそれらが這《は》い伸びて《重甲冑》に《一つ目》に《二本角》に《翼》に届いている。

「——何——これ——」

リュシッダがふるえる声を上げる目の前で、ザナッファーたちは《クモ》の触手に引かれるように集まって——

そんな中で、《重甲冑》だけが切り離されて、うつぶせに倒れ伏《ふ》す。

ザナッファーたちの鎧の一部が口を開き、別のザナッファーの鎧と噛《か》み合い組み合わさると、巨《おお》きな一つの塊《かたまり》となる。

変化にかかった時間はごくわずか。

驚《おどろ》きの声を上げた《二本角》テシアスや《一つ目》サガンが次に何かを口にするよりも早く。

──完成したそれは──何にも似てはいなかった。

小さな二階建ての家ほどの大きさはあるだろう。

《一つ目》と《二本角》が背中合わせになり、それらの上に乗る《クモ》は、ゆがみかしいだ頭部のように見えなくもない。《クモ》のある脚《あし》は下のザナッファーと装甲を噛み合わせているが、別の脚は無目的に宙ぶらりんになっており、《翼》はいくつもの部分に一旦《いったん》分かれてから、塊のあちらこちらに大小の翼をでたらめに生やしていた。

部分部分を見れば《クモ》や《二本角》《一つ目》や《翼》の特徴をそなえているものの、全体としては、秩序《ちつじょ》を放棄《ほうき》した異形《いぎょう》。

「何なのよ!?　これ!?」

「──見ればわかるでしょ……」

リュシッダの悲鳴に近い問いかけに、答えたのはあたしだった。

「《クモ》……ルコーリア、とか言ったっけ？　そいつが全部のザナッファーを取り込んで操ってるのよ……」

途中《とちゅう》で《重甲冑》をほうり出したのは、装着者はいざ知らず、ザナッファーの方が死んでしまい、取り込めなかったのだろう。

「取り込……そんな……こと……できるの……？」

リュシッダが愕然とつぶやくが、現実にできているのだ。

ザナッファーたちを作ったのが《クモ》のルコーリアなら――

「――ザナッファーは、最初からこういうふうに造られてたのよ」

あたしは言う。

「もしもの時、自分の《クモ》が他のザナッファーを支配して操れるように」

《クモ》の触手は木々の間にはりつくためのものではなく、本来、このためのものだったのだ。

「――そんな……聞いてないっ……！」

リュシッダは声をはり上げる。

「支配とは――人聞きが悪い――」

対するルコーリアは教え諭《さと》すような口ぶりで、

「これはもともと、トラブルが起きたザナッファーが万一暴走した時、制御《せいぎょ》・抑制《よくせい》するための機能《もの》。

理想を言えば他のにも同じ機能をつけ、相互《そうご》制御をしたいところだが――

装着者が熟知した技術者でなければ扱《あつか》えぬゆえ、他のザナッファーにはこの機能をつけていないだけの話だ」

「テシアスとサガンは!?　無事なの!?」

そういえば操られる時に声を上げて以降、二人の声は聞こえない。声が鎧の外に出せなくなっただけなのか、それとも──

「心配いらん。それよりリュシッダ、お前はロンディウムとカシディアルの様子を診《み》てやれ。私は──」

いびつな塊の、どこにあるかもわからぬ目が、こちらを見た──ような気がした。

《異形》の敵意を感じ取り、身構えるあたしたち。

アメリアが呪文を唱えはじめ──

「こいつらを仕留める」

宣言した瞬間《しゅんかん》。

灰色の残像が虚空《こくう》を疾《はし》る！

あたしが、アメリアが、ゼルが、アライナが思い思いの方に跳び、ガウリイだけがその場で剣《けん》を薙《な》ぐ！

《異形》の各所に生えた翼──それが瞬時に変形し、灰色の槍《やり》と化してこちらの全員を襲《おそ》ったのだ。

ガウリイはそれを迎《むか》え撃《う》ち、断ち切った！

斬《き》り飛ばされた灰色の槍先がそばの地面に突《つ》き刺《さ》さる。

「――ほう！」

ルコーリアの声ににじむ喜色《きしょく》。

「その剣か！」

――しまった――！

あたしは内心舌打ちする。

《人馬》の残骸《ざんがい》を見れば、こちらにザナッファーを斬ることができる武器があるのはすぐわかる。《異形》の今の攻撃《こうげき》は、それを特定するためのものだったのだ。

同時にガウリイが地を蹴《け》った！

ひと息に攻《せ》めて痛手を与《あた》える計算か！

《異形》の《一つ目》の両手が上がる。その手のひらには閃光の吐息《レーザーブレス》の発射口。

そこに。

「水片鏡《アクアカレイド》っ！」

アメリアが乱反射の術を発動させる！

範囲《はんい》はさし出した《異形》の両手を呑《の》み込むあたり！

これで閃光の吐息《レーザーブレス》はうかつに射てない！　両者の間合いは一気に詰《つ》まり――

瞬間。

《異形》が跳んだ！

ずんぐりといびつな見た目に反した身軽さ、俊敏《しゅんびん》さで、ガウリイのはるか頭上――剣を伸ばしてもなお届かない空間を駆《か》け、触手を放つ。

それらをあたりの木に巻きつけて、空中でさらに加速し姿勢を制御。向かう先は――アライナ！

予想外の速度と動きにアライナは呆然《ぼうぜん》と立ち尽《つ》くし――

「地撃衝雷《ダグ・ハウト》！」

ゼルの呪文の声とともに生まれた大地の槍が、飛び来た《異形》を虚空で捉《とら》える！

軌道《きどう》が変わり速度が落ちた瞬間に、アライナはあわてて距離《きょり》を取る。

体勢を完全に崩《くず》されたはずにもかかわらず、《異形》は難なく着地した。

そのまま、どう見たところでバランスの取れるはずもない巨体《きょたい》には似合わぬ速度でアライナの方に向かう！

まず警戒《けいかい》するのは自分を断つ剣、次は同族のエルフ、他の人間はあとまわし、ということか!?　――それとも初顔合わせの時、自分の火球をアライナに潰《つぶ》され、手痛い目にあったことを根に持っているのか。

そのままアライナが踏《ふ》みつぶされる——かに見えたその時。

追う《異形》の目前から、逃《に》げるアライナの姿が消えた！

何かの術——ではない。ムチを横手の木に巻きつけて、強引《ごういん》に方向転換《てんかん》と加速をしたのだ。

一瞬アライナの姿を見失い、《異形》が動きを止めた刹那《せつな》。

『アースロゥン！』

アライナが生み出す大地の破城槌《はじょうつい》が《異形》を跳ね上げる！

——いや！

よく見れば一撃は《異形》の本体を直撃していない。《一つ目》の、《二本角》の《クモ》の手で足で、突き上げた破城槌を受け止め、直撃を避《さ》けて宙に舞《ま》ったのだ！

冗談《じょうだん》みたいな反射神経である。

ひょっとするとガウリイ並か、あるいは以上か。

ただこれはおそらく、装着者ルコーリアの能力ではない。

そもそも、人間と同じく手と足が二本ずつしかないエルフが、四足四手、他クモ脚と翼多数の《異形》を末端《まったん》まで操作できるはずもない。それ以前の多足触手持ちの《クモ》からして同様なのだが。

つまり、細かい制御はザナッファーそのものに任せ、ルコーリアは大まかな指令を出しているだけなのだ。

ならばルコーリアにためらいを生ませることができればスキも生まれるのだろうが――

ザナッファーによる反射と運動能力はシャレにならない。

空中で、《異形》の一部――かつて《一つ目》だったものの鎧《よろい》の一部が開くと、そこからいくつもの小さなつぶてが飛び出した。

小鳥ほどのサイズをした灰色のつぶてたちは、なだれをうってアライナに向かう！

あれは――《一つ目》が霧《きり》の中で、こちらの場所を掴《つか》むために飛ばしていた端末!?

本来偵察《ていさつ》・監視《かんし》用なのだろうが、ザナッファーの一部である以上、強度はそれなりのもののはず。つぶてとして相手に放てば、投石以上の痛手になる。なおかつ閃光の吐息《レーザーブレス》と違《ちが》い、アメリアの術ではどうにもできない。

当然この端末にも、攻撃呪文《じゅもん》は効かないだろう。

ならばっ！

あたしは大地に手をつき術を解き放つ！

「霊呪法《ヴ＝ヴライマ》っ！」

着地した《異形》は警戒したのか後ろに退《さが》り――

あたしの《力あることば》に応《こた》え、アライナと、迫《せま》る端末群との間の地面が大きく盛り上がり――

盛り上がったその土砂に端末群が突き刺さる。

土砂はかまわず刺さった端末群を飲み込み、うねり、《異形》に比肩《ひけん》する体格の巨人を形作る！

使ったのは土人形《ゴーレム》を生み出す術である。土人形《ゴーレム》は術者の簡単な命令を聞き、それなりのパワーがあって丈夫《じょうぶ》だが、動きは決して速くない。

もちろんこんなものを《異形》にけしかけたところで勝ち目はないが――

「ゴーレム！」

あたしは、アテッサの街とは逆の方を指さし、命令を下す。

「あっちにまっすぐ全力移動っ！」

土砂のきしみであたしに応え、土人形《ゴーレム》は、そちらに向かって進みはじめる。決して動きは速くはないが、でかいぶん、普通《ふつう》の人の駆け足くらいの速度は出る。

これぞ秘奥義《ひおうぎ》っ！　端末持ち逃げっ！

《異形》がこれを止めるには、土人形《ゴーレム》を完全破壊《はかい》するしかない。しかし閃光の吐息《レーザーブレス》を使えばアメリアの術で妨害《ぼうがい》される。

なら接近戦で土人形《ゴーレム》を壊《こわ》すしかないが、《異形》がそちらにかまける気ならば、そこにこちらも攻撃をしかけるっ！

そんなつもりだったのだが――

「バム・プロージョン」


どぅむっ！


呪文を放つ声がして、土人形《ゴーレム》に攻撃呪文が直撃した！

今のは――

「テシアス!?」

仲間の手当てをしていたリュシッダが、声の主《ぬし》の名を呼んだ。

たしかにあたしにも、今のはテシアスの声に聞こえたが――

ありえるのか!?　そんなことが!?

まずザナッファーを装着していては、呪文は使えないはず。

――ただこれは、鎧の一部を開けば使えるようなのでなんとでもなる。

さきほど《重甲冑《かっちゅう》》にガウリイが斬りつけようとして、テシアスが攻撃呪文で援護《えんご》した時、《二本角》が鎧の開放をしていたようには見えなかったが――

つまるところ《二本角》は、鎧の開放と閉鎖《へいさ》が、外からは見分けられない――あるいは見分けづらい設計になっているのだろう。

だがそこはいいとしても。

一旦《いったん》は退却《たいきゃく》を宣言し、それを無視したルコーリアの《クモ》に無理矢理取り込まれて操られたテシアスが、ルコーリアに協力しようと思うものなのか？

それともまさか――

ルコーリアは、ザナッファーを通してテシアスまで操り、呪文を唱えさせたのか!?

いずれにしても、呪文が来る時には来ると思っておいた方がいいだろう。

吹《ふ》っ飛ばされた土人形《ゴーレム》は、ぼろぼろとその形を崩れさせてゆく。一旦体内におさえ込んでいた偵察端末たちが飛び出すと、しつこくアライナに迫り――

だがその時には、とって返したガウリイが駆けつけ、剣をふるう！

一閃《いっせん》、二閃三閃四閃。

刃《やいば》が残像を刻むたび、端末が断たれて地に落ちる。

そこに向かって。

やや離《はな》れた《異形《いぎょう》》が手を上げ構える。

閃光の吐息《レーザーブレス》をあえて使う気か!?

すかさずアメリアが呪文を――

発動させかけて、ためらいの色を見せた。

――そうか――これは――

「よけてっ！」

あたしは声をはり上げた。

横へと跳《と》ぶガウリイとアライナ。端末の奔流《ほんりゅう》からは、二人ともかろうじて身をかわす。

それを見た《異形》も手を下ろして構えを解いた。

……くそー。やっかいな……

《異形》が狙《ねら》ったのは、端末と閃光の吐息《レーザーブレス》の同時攻撃。

アメリアが乱反射の術を使わなければ、閃光の吐息《レーザーブレス》はよけるしかない。

しかしもし使えば、ガウリイからの視線もそこで遮《さえぎ》られ、突《つ》っ込んでくる端末の軌道が読みにくくなる。

《異形》はふたたび同じ攻撃をしようと、端末の群れを引き返させ――

「礫波動破《ヴィーガスガイア》！」

ゼルが大地を震動《しんどう》させる術を放つ！

《異形》にダメージを与えることはできないが、足下《あしもと》を揺《ゆ》らし、体勢を崩すことには成功する。

おかげで端末と閃光《レーザー》の吐息《ブレス》の同時攻撃《こうげき》第二波は防げたが、このままここで戦い続けるのはジリ貧になりかねない。

ならば——

「みんな！　ここはひとまず退却よっ！」

あたしのはり上げた声に全員が——アメリアだけがワンテンポ遅《おく》れて——走り出す。

向かうは街とは別の方。

「逃がすと思うか!?」

吠《ほ》える《異形》の目の前に——

「水片鏡《アクアカレイド》っ！」

と、アメリアが乱反射の術。

突っ切って進むのが一番早いが、乱反射の空間から飛び出したところでの待ち伏《ぶ》せを警戒してか、《異形》は一旦退ってまわり込む。

こちらはアライナを先頭に駆けながら、

『フォゴゥル！』

またまたアライナが炎《ほのお》を封《ふう》じる白霧を生み出す。

直後、

「エアプロージョン」

テシアスの声がして──

どんっ！

大気が爆《は》ぜた。

生まれた衝撃波《しょうげきは》があたしたちの背を打つが、痛手はない。

今のは攻撃ではなく、霧を排除《はいじょ》して視界を確保するためのものだろう。霧は多少薄《うす》まったものの、視界がクリアになるほどではない。

相手は、霧にまぎれてのガウリイの奇襲《きしゅう》を警戒《けいかい》しているのだ。

とはいえ向こうは絶対に、こちらを見失うわけにはいかない。

なにしろ《異形》──というか《クモ》のルコーリアは、《一つ目》と《二本角》、そして《翼《つばさ》》を無理矢理取り込んでいるのだ。

もちろんそんな状態のままでは、長く生活することなど不可能。食事やトイレもままならないだろう。どうあってもそのうち、強制取り込みを解除する必要がある。

解除し、テシアスとサガンが自由になった時、あたしたちをしとめて功績を上げたというなら言いわけも立つだろう。

だが逆に、逃《に》げられちゃった♪　ごめんね♪　などということになったら二人からのフルボッコ間違いなしである。

しかしそれゆえ——

あたしたちの方も、逃げ切れば勝ち、という話にはならない。

もしもこちらが逃げてしまえば、ルコーリアが何かの成果を上げるためには、アテッサの街を襲《おそ》うしかなくなってしまう。

つまるところ。

倒《たお》すしかないのだ。

さっきのあたしの退却宣言は、実は移動開始の合図。別行動だったアメリア以外とは事前に打ち合わせ済みである。

アメリアも、どうやらそれを察してくれたようだが。

《一つ目》の端末の突進攻撃《とっしんこうげき》はとだえている。相手はこちらを見失わぬよう、追跡《ついせき》に専念させたようである。

時おり後ろに牽制《けんせい》や煙幕《えんまく》がわりの呪文を放ち、駆《か》けながら——

「みんな！　聞いて！」

あたしは追い来るルコーリアには聞こえない程度の声で、これからの手順を話しはじめた――

鍛冶《かじ》の街、アテッサ。

セルセラス大森林の木を燃料に使うことも多いこの街には、木を伐《き》った場合には新しい苗《なえ》を植えておく、という決まりがある。

違反《いはん》をすると罰金《ばっきん》、ということになっているのだが、それでも決まりを無視する者はどこにでもいる。

どういういきさつかは知らないが、街から少し離れた一角に、あたりの木が切り倒されたまま植樹もされず、ちょっとした広場のようになっている場所がある。

あたしたちが《異形》を引き連れ、たどり着いたのがそこだった。

それなりの距離《きょり》を駆けたはずだが、アライナがこまめに消火用白霧《びゃくむ》の術をかけているおかげで、あたりはやはり白く煙《けむ》っていた。

ここに来るまで、相手は散発的に攻撃呪文《じゅもん》を放ってきたが、木々がジャマになったか幸いこちらには当たっていない。

時折ガウリイが剣《けん》をふるうのは、端末《たんまつ》の影《かげ》でも見たか、それとも精神世界面《アストラル・サイド》からの攻撃を迎撃《げいげき》してでもいるのか。

「アライナ！」

あたしの呼びかけに小さくうなずくと、彼女は取り出したナイフを投げ放つ。

近くにある朽《く》ちかけた切り株に、深く刺《さ》さったナイフの柄《つか》には、トパーズが埋《う》め込まれていた。

彼女は小さくうなずいて——これで準備完了《かんりょう》っ！

「ゼルっ！　アメリアっ！」

あたしの呼びかけに、さきほどの打ち合わせ通り呪文を唱えはじめる二人。一同は霧《きり》の中、四方に散開する。

そこに——

霧を貫《つらぬ》き、《異形》が姿を現した！

同時に呪文を発動させるゼルとアメリア！

『氷の矢《フリーズ・アロー》っ！』

生まれ出た百にも近い冷気の矢が《異形》目がけて突き進む！

相手はありえない動きで横に移動。だがよけられる数と密度ではない。十発ほどが《異形》に直撃《ちょくげき》した！

命中すれば当たった場所を凍《こお》り付かせる冷気の矢！　当たればそれを薄い氷で覆《おお》い、動きを阻《そ》害《がい》し凍傷《とうしょう》などを引き起こす！

しかし相手はザナッファー！　当たったところでそれらはただの冷気となって散り消えて、せいぜい相手を冷やす程度。

だがそれで十分っ！

こちらは相手から距離を取りつつ、

「幻霧招散《スァイトフラング》っ！」


ぶあっ！


あたしの唱えた呪文に応《こた》え、音すら立てて濃密《のうみつ》な霧があたりにひろがった！

アライナが使う消火用の術とは別のもの。ただ単純に普通《ふつう》の霧を生み出す術である。

「目くらましのつもりか!?」

ルコーリアが吠えると同時に、

「アルゴウィン」


ごうっ！

テシアスの声が響《ひび》き烈風《れっぷう》が吹き荒《あ》れる。あやうく風に流されそうになってたたらを踏《ふ》むあたし。

風で霧を吹き飛ばし、視界を晴らすつもりだろう。狙い通りあたりの霧は薄まるものの、まだまだ白は世界を占《し》めている。

そこに、

『クリスタルブリザード』

アライナの吹雪《ふぶき》にすら似た術が。

続けて、

「氷の矢《フリーズ・アロー》！」

ゼルの術が《異形》を襲う。

「氷漬《こおりづ》けにでもするつもりか⁉」

ルコーリアの嘲笑《ちょうしょう》が響く。

「それとも中《ここ》の私を凍えさせる気か⁉　せいぜい試してみるがいい！」

ごうっ！

ふたたび強風の術を放ってくる。

そこにまたまたあたしが霧の術。

「しつこいっ！」

吠える《異形》にアメリアの冷気の術。

「こ……のっ……！」

いらついたルコーリアの声に続いて――

テシアスの平板な声が、

「ヴァルトレイン」

ばぢっ！

閃光《せんこう》が。

霧に埋まった世界を刹那《せつな》染め上げた。

今のは――無差別広範囲《こうはんい》の雷撃《らいげき》呪文⁉

数十条――あるいはもっと多数の雷撃が、霧を裂《さ》き、天から地へと降り来たのだ！

雷撃は無作為《むさくい》に降らせたのだろう。幸いあたしには当たらなかったが――今の攻撃密度で、全員外れたと考えるのは楽観的すぎるか……⁉

皆《みな》の無事を確かめたいところだが――

霧の中、やや速度を落とした《異形》の影が駆け回り、

「――くそっ――霧が――」

毒づいたルコーリアの声が、その時が来たことを教えてくれた。

「ゼル！　アメリア！　今っ！」

あたしは声をはり上げる。

やや間があって――

『霊呪法《ヴ=ヴライマ》っ！』

二人の声がハモって響く！

瞬間《しゅんかん》、大地に花《はな》が咲《さ》く！

《異形》のまわりに、花びらが開くかのように大地が盛り上がり、左右から《異形》を包み込む！

あたしもさっき使った、土人形《ゴーレム》を作り出す術である。それを二人で一体ずつ、《異形》をはさんで生み出して、巨人《きょじん》の姿を形作りつつ《異形》を呑《の》み込んでゆく！

「なんだ!?　これはっ!?」

ルコーリアが驚愕《きょうがく》の声を上げた理由は単純。

巨大なのだ。生み出されつつある土人形《ゴーレム》が。

さきほどあたしが生み出したくらいのものだったなら、《異形》は楽に逃げ延《の》びただろう。だが今形作られつつあるのは、その倍ほどのサイズがある。

うねりたゆたう大地が《異形》の脚《あし》を、腰《こし》を手を巻き込んでゆき、さらに上へと盛り上がる。


——ルコーリアは気づかなかったのだ。

ここが、アライナの作り上げた、巨大な増幅魔法陣《ぞうふくまほうじん》の中なのだと。

正確に言うならば、あたしたちはここ数日のうちにこっそりと、街の近くにこれと同じ——完成直前の魔法陣をいくつか作っておいたのだ。

最後の一パーツ、さきほどアライナが投げたナイフのトパーズで陣が完成するようにしておいて。

陣の大きさは街の数区画くらいがすっぽり入るほど。増幅される魔力の量も陣の大きさに比例する。

もしもルコーリアがザナッファーで精神世界面《アストラル・サイド》と遮断《しゃだん》されていなければ、陣を『見る』こともできただろう。

テシアスに使わせた術も威力《いりょく》が上がっていたはずだし、呪文を使うために鎧《よろい》を開いたテシアスには『見えて』いたかもしれないが、操《あやつ》られている彼にそれを伝える判断力は残されていなかったのだろう。

そして、次に相手が取る手段は――

「舐《な》めるなっ！」

吠《ほ》えると同時に、まだ形になっていない土人形《ゴーレム》の数カ所を貫き光が迸《ほとばし》る。

閃光の吐息《レーザーブレス》！

形を成す前に多大なダメージを受けて、土人形《ゴーレム》の形成が中断された――

その瞬間！

『ノクトコフィン』

アライナの冷気の術が、《異形》を巻き込んでいびつな大地の花と化した土人形《ゴーレム》を直撃した！

大地が含《ふく》む水分が、強烈《きょうれつ》な冷気で氷結し、堅牢《けんろう》な檻《おり》として《異形》を捕《と》らえる！

「ガウリイ！　アライナ！」

「おう！」

『ここ』

呼びかけに返事はわりとま近から。

結局全員無事だったか！　さっきの雷撃呪文を全弾《ぜんだん》外すとは、ルコーリアも運が悪すぎである。

――いや、ひょっとしたら、テシアスがわずかに抵抗《ていこう》して外したのか。

三人は合流すると、アライナが右手でガウリイ、左であたしの手を取って、

『翔封界《レイ・ウイング》』

高速飛行の術を唱える！

これはあたしも使う術。コントロールがむずかしく、重量物は運べないのだが、エルフの魔力と増幅魔法陣の影響《えいきょう》で、二人を軽々運んで上昇《じょうしょう》！

上から見れば、できあがりかけの巨大土人形《ゴーレム》に《一つ目》と《二本角》の頭までほぼ埋《う》め固められた《異形》は、クレーターの底にはりつくクモを想《おも》わせた。

その《クモ》に迫《せま》りつつ、あたしは呪文詠唱《じゆもんえいしょう》開始！

――天空《そら》の戒《いまし》め解き放たれし
凍れる黒き虚《うつ》ろの刃《やいば》よ――

唱えるのは、魔力増幅なしには使えない、闇《やみ》の刃を生み出す術！

威力は間違《まちが》いなしなのだが、なにしろ魔力をバカ喰《ぐ》いする。

この増幅魔法陣の中なら術は発動するはずだが、生み出した闇の刃がどれほどの時間保《も》つのかはわからない。

こちらの接近に気づいた《異形》が、《クモ》の自由になる脚の一本をこちらに向けると——

「そのままっ！」

ガウリイが声を上げ、アライナは回避《かいひ》をせずまっすぐ進む！

《クモ》の脚から放たれた閃光の吐息《レーザーブレス》は、こちらが纏《まと》う風の結界をわずかにかすめたのみ！

おしっ！　狙《ねら》い通り、向こうはこっちがよく見えなくなっているっ！

さきほどみんなで、決定打にならない冷気の術をかけまくったが、ダメージにはならなくてもザナッファーの表面温度を極度に下げたはずである。

その状態で霧《きり》の中を動き回れば、表面全体に霜《しも》がへばりつく。

もちろん——《クモ》の目の表面にも。

実際には霧と霜とが視界を極度に悪化させているのだが、中のルコーリアは、あたりの霧が濃《こ》くなったように感じているだろう。

そして、目標がよく見えていないルコーリアの認識が、ザナッファーの照準を狂《くる》わせた

のだ。

《クモ》の脚がわずかに動いて狙いを変えて――

「押せ！」

指示にアライナはガウリイを風の結界の外に押し出し手を離《はな》す！　反動であたしとアライナも逆の向きにわずかに動き――

あたしたちとガウリイの間に生まれた隙間《すきま》を閃光の吐息《レーザーブレス》が灼《や》き貫《つらぬ》く！

ガウリイはそのまま宙を泳ぐと、完成することなく固まった巨大土人形《ゴーレム》が形作るすりばちの上に着地し――

駆《か》ける！

一方あたしもアライナに手を離されて、土人形《ゴーレム》の上、《異形》をはさんでガウリイとは反対側に着地した！

呪文の詠唱《えいしょう》を続けつつ《クモ》の部分へと迫る！

――我が力我が身となりて

ともに滅《ほろ》びの道を歩まん

神々の魂《たましい》すらもうち砕《くだ》き――

《異形》がガウリイを迎撃《げいげき》しようとするのが見える。

触手《しょくしゅ》がしなり翼《つばさ》が変形しムチとなり刃となってガウリイに襲《おそ》いかかる。

しかも足場は、大まかに見ればすりばち状とはいえ、完成前に停止・氷結した、でたらめな形の土人形《ゴーレム》の上。道のない山の斜面《しゃめん》のようなもの。

にもかかわらずガウリイは平野を行くような足取りで《クモ》へと迫る！　そこを叩《たた》けば全てが終わる！　触手のムチを翼の槍《やり》を切り払《はら》い――

切り払った翼の陰《かげ》から現れた端末《たんまつ》がガウリイ目がけて突進《とっしん》する！

「くっ⁉」

刃を返しかろうじて端末を両断する――が、そのいきおいは消しきれず、
ごがっ！

断たれた端末の残骸《ざんがい》がガウリイの胸甲冑《ブレスト・プレート》を叩く！

「うおっ⁉」

不安定な足場で押され、バランスを崩《くず》してすりばちの外へと落ちてゆく！

その間、あたしの方にも《異形》が翼を変形させた攻撃《こうげき》が来る！

――くそー。こっちを、たかが人間の魔道士とナメてほったらかしにしてくれれば楽だ

ったのだが……さすがにそれは虫がよすぎるか⁉

こっちが突撃《とつげき》している以上、当然相手も何かの策を警戒《けいかい》するだろう。

あたしの体さばきでは、この足場で、翼の攻撃をかわしてのけるのは不可能か⁉

ならしかたないっ！

「神滅斬《ラグナ・ブレード》っ！」

あたしは《力あることば》を解き放つ！

合わせた両手の中に、闇の刃が生まれ出る！

長さはショート・ソードほど。なんとか発動したものの、魔力がどんどん消耗《しょうもう》してゆくのがわかる。

――伝説の異界黙示録《クレアバイブル》に記された、金色の魔王《ロード・オブ・ナイトメア》の力を借りた術。

今回使ったのはその不完全バージョンだった。

完全バージョンは威力こそ段違いなのだが、リーチが伸びるわけでもない上、魔力と体力の消耗が輪をかけて激しい。今は過剰《かじょう》な威力より継続《けいぞく》時間。ゆえにあえての不完全版である。

重さを持たぬ闇の刃のひとふりで、変形した翼は手ごたえすらなく斬《き》れ飛んだ！

だがそれで、相手の意識がこちらに向いたのがわかった。

変形した別の翼が、触手があたしを狙い、《クモ》の脚のうち一本が先端をこちらに向けると閃光の吐息《レーザーブレス》発射の構え！

——これは——まずいっ！

だがその瞬間。

ガウリイが——飛んだ！

落ちたガウリイを、アライナが高速飛行の術で受け止め、押し上げたのだと理解するには刹那《せつな》を要した。

相手の動きにほんのわずかな迷いが生まれたその時。

ガウリイの右手が閃《ひらめ》く！

——はたしてルコーリアは、彼が剣《けん》を投げつけたのだと理解したかどうか。

だがザナッファーの反射速度はそれを察知し、脚で翼で触手でとっさに防御《ぼうぎょ》の姿勢を取る！

——それは、意味をなさなかった。

アライナが作り上げた増幅の魔法陣。その中では魔力は増幅され——

増幅された魔力に反応し、斬妖剣《ブラスト・ソード》はなお切れ味を増し——

音も無く。

脚が翼が触手が断たれ、刃は鍔《つば》まで《クモ》のどまん中に突《つ》き立った！

——静かに。

静かに静かに《異形》が動きを停止する。

クモの脚がゆっくりと下り、力なく伸《の》び、触手が張りをなくしてだらりと落ちる。

——おそらく——

ルコーリアは、自分の死すら意識できなかっただろう——

深々と刺《さ》さった剣を、ガウリイは苦も無く引き抜《ぬ》いた。

足下《あしもと》がわずかに揺《ゆ》れる。

身じろぎしたのだ。ザナッファーのいずれかが。

あたしとガウリイは身構えて——

「……ルコーリア……？」

声は、《一つ目》サガンのものだった。

おそらく《クモ》のコントロールが外れて、ことばを交わすことができるようになったのだろう。

状況《じょうきょう》が摑《つか》めていないようだが——

「もういないぞ」

ガウリイが告げる。

短い沈黙《ちんもく》の後──

「……そうか……」

意味を悟《さと》ってサガンはつぶやく。

「──まだやるのか？」

淡々《たんたん》と問うガウリイに、

「──いや──」

サガンの静かな宣言が──

「我々の負けだ──ザナッファーは放棄《ほうき》する」

戦いの終わりを告げた。


テシアスの瞳《ひとみ》は光を映さない。

──生きてはいる。

だが呼びかけにも応《こた》えない。

──サガンの敗北宣言のあと。

あたしたちは、《翼》のザナッファーを破壊《はかい》してから、《異形》——というか《一つ目》と《二本角》を閉じ込めた氷土を術で砕いた。

自由になった《一つ目》サガンはザナッファーを解除し、自分の身から外した。

生身の当人をま近で見るのははじめてだったが、人間の感覚で言えば三十過ぎの中肉中背ナイスミドル、といったところだろう。ならエルフとしては筋肉質な方だろうか。

その一方で《二本角》はぐったりしたまま無反応。

サガンが中のテシアスに呼びかけ、それでも反応がないとみるや、どこをどうやったのかザナッファーを解除させた。

しかし中から出て来たテシアスは、何の反応も示さない。

「……なぜ……!?」

つぶやくサガンに、あたしは言う。

「戦ってる途中《とちゅう》、テシアスが術を使ってたんだけど——もしそれが、ザナッファーを介《かい》して強制的に唱えさせられたんだったとしたなら、何かの影響《えいきょう》が出てるのかもね。もちろんただの想像だけど」

「……くそっ……なんで……こんなことに……俺たちはただ……森を守るためにっ……」

サガンの血を吐《は》くような呻《うめ》きに——

「――あのねぇ……」

あたしはあきれて脱力《だつりょく》する。

ため息混じりに、

「なんでこんなことに……って、わかんないわけ？　目的に対する手段が全部間違《まちが》ってたからに決まってるでしょーが」

「……なに……!?」

「森を守る。けっこー。

じゃ、森を守るために、ザナッファーっていう強力な武器を手に入れて、森を戦場にして人間の街を潰《つぶ》して、報復に人間が森を焼くかもしれないけど、ならその人間も森を戦場にして殺せばいい。

果ては仲間のザナッファーを無理矢理操《あやつ》って森を戦場にして敵を排除《はいじょ》。

――って、全然守れてないじゃない。森も仲間も。

むしろ間違ってない部分がないでしょコレ。

そもそも、何のために森を守るわけ？」

問いかけに、サガンはやや口ごもり、

「……我々エルフの森への思いは――」

「人間にはわからない、って言うんでしょ？　そーじゃなくて。

生き物って根本的にシンプルよ。

人だろうとエルフだろうと他の動物だろうと、目的は『できるだけ幸せに生きる』ことなのよ。

そう考えたら、あんたたちにとって『森を守りたい』っていうのは、言い換《か》えると『森を荒《あ》らされると幸せな気分じゃあなくなるから、幸せな気分でいられるためにやめさせたい』ってこと——つまりはこれも手段なの。

そのためにどんな代償《だいしょう》をどれだけ支払《しはら》うのか。何をどこまでやっていいのか。

そーゆーことを考えず、なおかつ手段も間違えてたとなると——

もしここであんたたちの方が勝っていたとしても、あんたたちが、できるだけ幸せに生きる、って未来がいつか来たとは思えないけどね。あたしには」

言い放つあたしに、サガンはしばし沈黙してから、

「……なら……どうすればよかったんだ……」

「いや知んない。」

『即答《そくとう》っ⁉』

なぜか横で聞いていたアライナが声を上げるが、

「そりゃそーよ。自分にとって何が幸せなのか、どうするのがベストなのか、なんて、他人が知っててサラッと教えてくれたりするわけないでしょーが。

だから。

自分の中で本当に大事なものが何なのか。それを見失わないようにしながら、より良くするためにはどうすればいいのかを、一つの答えだけにとらわれず考え続ける。

それしかないでしょ。

もちろん、実行するのはむずかしいけどね」

「…………」

納得したのかしていないのか。吐息《といき》とともに沈黙するサガン。

後悔《こうかい》はしているよーだが、反省はしたのかしていないのか。

しかし何にしろ、彼らがアテッサの街に対してやらかしたことのツケは払ってもらわないと――

――と、その時！

「クラックウォール！」

声と気配にあたしたちは大きく後ろに飛び退《の》いた！

どぱぱぱぱぱぱぱぱぱぱぱッ！

たてつづけに起きる小爆発《ばくはつ》！　濃《こ》い煙《けむり》があたりを埋《う》めて――

「サガン！　退《ひ》きます！」

聞こえたのは《翼《つばさ》》の装着者だった女エルフ――リュシッダの声！

どうやら派手な音と煙幕《えんまく》だけの術のようである。だが煙を強行突破《きょうこうとっぱ》はできない。

もしもこちらがうかつに追えば、敗北宣言をしたサガンはいざ知らず、いきさつをよく知らないリュシッダから攻撃《こうげき》を受ける危険はある。

あたしが呪文《じゅもん》を唱え――

「魔風《デイム・ウイン》っ！」

強風の術で煙を吹《ふ》き飛ばした時には――

そこに、サガンとテシアスの姿はもう無かった。

ただ、軽装鎧《よろい》のようなものが二つ、転がったまま放置されている。

《一つ目》と《二本角》のザナッファー。

これは手放す、という意思表示ではあるのだろう。

ガウリイは無言で歩み寄ると剣を閃かせ――

全てのザナッファーは破壊された。

「追うか？」

ゼルの問いかけに、

『――いえ――』

応えたのはアライナだった。

『ここからはこちらがやります。森を本気で逃《に》げるエルフを人間が追うのはむずかしいでしょう。わたしは一度集落に戻《もど》って事情を話し、仲間と一緒《いっしょ》に彼らを追います。彼らがアテッサの街にやったことは――必ず、償《つぐな》ってもらいます。

……けどそれはそれとして……』

探るようにあたりを見回し、あたしの方を見て、

『……ひょっとして皆さん……もう一人、いません？』

わけのわからないことを言う。が。

「ああ。いるなぁ」

なぜかガウリイが即答した。

あたしとゼルとアメリアが、疑問の視線を向ける中、彼はぐるりとあたりを見回し、ことなげに、

「いるんだろー？　いいから出てこいよ！　ゼロス！」

『ゼっ……!?』

驚《おどろ》きの声が上がる中。

「おや。お気づきでしたか」

声と気配は、あたしの後ろに突然《とつぜん》生まれた。

跳《は》ねるようにふり向いて、

「ゼロス!?」

あたしは相手の名を呼んだ。

黒い髪《かみ》に神官服。にこやかな笑みを浮《う》かべる温和な表情。

ぱっと見は、どこにでもいる気のいい神官だが、普通《ふつう》の気のいい神官は、さっきまで誰《だれ》もいなかった場所に突然出現したりはしない。

「いたのっ!?」

「ええ。ずっと」

しれっと答えたそのとたん。

アライナが、ぺたんっ、とその場にへたり込み、

『……リ……リナっ……!　リナリナリナっ!　そのひとっ……!』

がくがくと小さく身を震《ふる》わせながら、かすれた声を漏《も》らす。

「……あー……」

あたしはちょっぴり迷ったが、とりあえず正直に、

「うん。知り合いの魔族《まぞく》。」

『……はぁっ……!?』

アライナの声が裏返る。

……まあ、動揺《どうよう》するのも無理はない。

このゼロス、以前ザナッファーと戦った時に出会い、一時期いっしょに旅をしていたこともあるのだが、こう見えて立派な高位の魔族なのである。

獣王《グレータービースト》ゼラス＝メタリオム直属、獣神官《プリースト》ゼロス。

千年前の降魔戦争においては、たった一人で竜《ドラゴン》の一群を壊滅《かいめつ》させたとも聞く。

もしアライナが、精神世界面《アストラル・サイド》に存在するゼロス本体を『見た』ならば、この反応もしかたない。

そんなアライナにゼロスは笑顔を向けて、

「ご心配なく。こちらはことを構えるつもりはありませんから」

『──ひっ……!』

アライナは這《は》うように下がって、あたしの足の後ろに身を隠《かく》し、

『……知らないひとに話しかけられたっ……』

人見知《そっち》りかっ⁉

ゼロスが高位魔族だという方におびえているのかと思ったら……

「ということは、ザナッファーを追っていた、か」

「ご明察です」

ゼルの問いにゼロスは首を縦に振《ふ》る。

「ご存じかもしれませんが、僕って基本的には異界黙示録《クレアバイブル》の写本を処分するように命令されていまして。

命令通り、写本だけを処分していたんですけど……今回、そこから流出したのが『フォレストハウンド』の皆《みな》さんに渡《わた》ってしまいまして、どうしたものかと。

けどザナッファーを操るエルフ複数なんて、相手にするのはめんどくさいじゃないですか？

アフターサービスでこっちもなんとかするべきか、あとで上から叱《しか》られるのを覚悟《かくご》の上で知らなかったふりをする方がいいか——

迷っているうちに、知った顔の皆さんがどんどん関わって来てくださったので、これはもう便乗するしかないな、と思いまして。

時々陰《かげ》からこっそりお手伝いさせてもらったわけです」

堂々と便乗って言ったっ!?

「……あいかわらずの仕事っぷりとゆーか……」

半ばあきれてつぶやくあたしに、彼は指を一本立てて、

「合理的、と言ってもらえるとうれしいですね。あるいは――」

と、アメリアの方に視線を移し、

「アメリアさんが好むふうに言えば、かつての仲間の苦境を目にして立ち上がった、ですかね？」

あからさまな皮肉に、

「なるほどっ！　それは燃えますねっ！」

しかしアメリアは拳《こぶし》をにぎりしめ、瞳《ひとみ》をきらきらさせながら、

「かつて肩《かた》を並べて戦った仲間たちの危機っ！　口ではいろいろ言いながら、その実、心に正義の炎《ほのお》を燃やし、友の力となるために、魔族という立場を乗り越《こ》えて――！」

「すみません今の撤回《てっかい》します真《ま》に受けないでください冗談《じょうだん》です」

あわててぱたぱた手を振るゼロス。

――どーやらまだアメリアの正義好きをナメていたか。

「け……けどよくお気づきになりましたね、ガウリイさん。僕がいたこと」

と、話題を変えてくる。

「そりゃあまあ――」

ガウリイはぽりぽり頭を掻《か》きながら、

「戦ってる最中に何度か、剣《けん》が引っ張られる感じ……ええっと、なんていったっけ？　あすとらさん？　の攻撃って奴《やつ》か？　あれが何回か、途中《とちゆう》で消えたことがあったからなぁ。こういうことのできそうな奴って、ほかにあんまりいないし」

「……どーりで、ね」

言われてよーやくあたしも納得いった。

「こっちの運が良すぎると思ったら、あんたが裏でいろいろやってくれてたのね。ガウリイが今言った、精神世界面《アストラル・サイド》からの攻撃の無効化もそうだけど。《人馬》が出会い頭《がしら》に事故起こしたり、アメリアの乱反射呪文に当たった閃光の吐息《レーザーブレス》が《重甲冑《かつちゆう》》を直撃《ちよくげき》したり、相手の無差別雷撃《らいげき》呪文に全員当たらなかったり」

あたしの推測に、ゼロスはぽりぽりと頰《ほお》を掻きつつ苦笑を浮かべ、

「……いやぁ……他はその通りなんですけど、最初の《人馬》はノータッチでして。あれは完全に事故です」

「事故なんだ。」

「事故かぁ」

「人生では――まあある、か」

「中の人には強く生きてほしいですっ！　見てなかったのでよくわかりませんけどっ！」

『笑――あ。ゴホンゲホン』

口々にビミョーなコメントがこぼれ出る。

「まあ何にしても、僕としては、ザナッファーが全部壊《こわ》れて、写本の知識を持ってた方がお亡くなりになったなら良し。皆さんも街の脅威《きょうい》が排除《はいじょ》できたなら良し。双方《そうほう》ｗｉｎ‐ｗｉｎというところですね」

ゼロスはいけしゃあしゃあと言う。

「――ひょっとしたら――」

ふと思いつき、あたしは問う。

「ガウリイが最後に投げた剣が、まともに《クモ》を直撃したのも、ゼロス、あんたが何かやったの？」

――写本の知識を持つルコーリアを処分するために――

対するゼロスは、ただ、人さし指を一本立てて、

「それは――秘密です」

……あー。こいつならそう答えるか。

――若干《じゃっかん》、うまく使われた気がしないでもないが――

彼は一同を見渡《みわた》すと、

「僕としては、残った相手のエルフの方々には用がありませんから、そちらの処遇《しょぐう》は皆さんにおまかせします。

じゃあ、あいさつも済んだことですし、僕はこのあたりで」

一方的に言い放つと、その姿はかき消えた。

風が吹《ふ》き、戦いの名残《なごり》の霧《きり》を、煙《けむり》を吹き運ぶ。

森の木々は緑の葉を揺《ゆ》らしながら、ただ、佇《たたず》む。

かくて、アテッサの街に平和が――

訪れたのだろうか？

ここが鍛冶《かじ》の街である限り、一部のエルフたちにとっては、気に入らない存在であり続けるだろう。

しかし今回は、『フォレストハウンド』たちが攻撃《こうげき》をあきらめたのは確か。

彼らは全てのザナッファーを放棄《ほうき》し、去ったのだから。

《人馬》と《重甲冑》が倒《たお》れた現場に戻《もど》ってみれば、その残骸《ざんがい》はあったものの、死体などはなし。装着者たちがどうなったのかまではわからない。

あのゼロスが、ザナッファーは全部壊れた、と言ったのだ。ならばあたしたちが見ていないザナッファーが他にいる、という可能性はほぼないだろう。

当面の脅威は——去った。

——アメリアたち、セイルーンの使者一行がアテッサの街を発《た》つことになったのは、『フォレストハウンド』との戦いが決着した、翌々日のことだった。

一日空《あ》けたのは、周囲の安全確認を、町長やセイルーン警護兵の面々が主張したためである。

今。

街を出てすぐ、門のそばには、使者一行の出立《しゅったつ》を見送るちょっとした人だかりができていた。

あたしたちの他に、街のえらい人たちや自警団の何人か。常駐《じょうちゅう》組のゼフィーリア正規兵にくわえてふつーの見物人も多々。

アライナだけはこの場にいないが、彼女は昨日のうちに出発した。

仲間のところに行って、必ず今回の首謀者《しゅぼうしゃ》連中を捕《と》らえてこの街に引き渡す——そうマクライルさんだけに伝えて、あたしたちへのあいさつもなく。

ま、見送りだのなんだのをいやがって、こっそり出た、というところだろうが——らしいといえば彼女らしい。

アメリアなどは、エルフの方といろいろ話がしてみたかった、と残念がっていたが。どーやら、ムチなどを使って素早く高い所に登るコツを教えてほしかったらしい。やめとけ。

そのアメリアはわざわざ一度、馬車から降りて、いろんな人に声をかけている。儀礼《ぎれい》上、町長たちにもあいさつをしたあと、

「——どうせだったらリナたちも一緒《いっしょ》に行きませんか」

と、あたしにも。

たしかに行き先はいっしょだが——あたしは肩をすくめて、

「やめとくわ。そっちも行く先々でえらい人たちとのつきあいがいろいろとあるだろうし。警護の兵隊さんたちもこっちも気を遣《つか》うことになるだろうから。

こっちは気まぐれに寄り道でもしながらのんびり行くわ」

「わかりました。——ゼルガディスさんは？」

「おれはもう少しこの街に残る」

　彼は言う。

「事情があったとはいえ、最初、連中に荷担《かたん》してこの街への嫌がらせに手を貸したのは事実だ。そのぶんの借りくらいは返しておかないとな」

　街には襲撃《しゅうげき》の爪痕《つめあと》がいまだ残っている。人手は欲しいところだろう。

　ただ、ゼフィーリア王都に事件解決の連絡《れんらく》を入れたところ、数日前に出発させた兵たちは引き返させず、命令変更《へんこう》で街の修復に当たらせることになったらしい――と町長から聞いている。復興はそれほど長くかからないかもしれない。

「わかりました。

　またいつか――どこかで会えるといいですね」

「そーね」

「またな」

「できれば面倒《めんどう》な事態でない時に、な」

　あたしとガウリイ、ゼルが口々に。

「それではみなさん、お世話になりました。失礼します」

　アメリアはドレスの裾をつまんで持ち上げ、一礼すると馬車に乗り込み――

ざっ。

セイルーンの兵士一同、姿勢を正し、馬車はごとごと進みはじめる。

「またねー」「正義もほどほどにな」「高い所には気をつけろー」

あたしたち思い思いの声に送られ、一団は街道をゆく。

列が木々の先に見えなくなると、えらい人たちや常駐の正規兵、見物人たちはぞろぞろ街へと戻ってゆき――

「――さてと――」

あたしはゼルやマクライルさん、ランダの方を見やると、

「それじゃああたしたちも、そろそろ」

あたしもガウリイも出発の準備は済ませてある。マクライルさんから、色を付けた依頼《いらい》料も受け取ってるし。

「お世話になりました。本当にありがとうございました」

言うマクライルさんの隣《となり》では、ランダがあたしに、

「――世話になったな。

……あんたには、失敗は活躍《かつやく》して埋め合わせろ、って言われたけど……結局いい所なしだったぜ……」

自嘲《じちょう》の笑みを浮《う》かべるのに、あたしは笑顔で、

「なーに言ってんのよ。別に、『フォレストハウンド』との戦いで活躍しなきゃあならない、ってわけじゃないでしょ？

これから街での活動で、ちょっとずつ活躍していけばいいだけの話でしょ」

「そういうこと。無理な背伸《せの》びをしすぎず、自分にできることで少しずつ、だよ」

とマクライルさんも笑顔で、

「寝《ね》ないとか休み無しとか報酬《ほうしゅう》は乾《かわ》いたパンの現物支給で我慢《がまん》するとか」

「それはかんべんしてやれ。まじで。」

冗談《じょうだん》の中に何割か本気がチラ見えしたマクライルさんのことばに、あたしはいちおー横からツッコミを入れておく。

「じゃあ、ゼルも元気でね」

「ああ。あんたらもな。ガウリイの旦那《だんな》、おれの名前、忘れないでくれよ」

「まかせとけ！　ひと月くらいなら大丈夫《だいじょうぶ》だ！」

口々にことばを交わし、あたしとガウリイは歩き出す。

アテッサの街をあとにして——

あとがき

作者・神坂一《かんざかはじめ》 ＋ L

L：言ったはずよっ！
　人の心に中二魂《やみ》ある限り、スレイヤーズはいつか必ず甦《よみがえ》る、とっ！
作：たしかに言ってたけどっ！　あんそろじーのあとがきでっ！
L：人と中二魂《やみ》とは不可分な存在《もの》！　たとえ前世系特殊《とくしゅ》能力系が消えたとしても、形を変えて中二魂《やみ》は必ず在《あ》り続ける！
作：いやそんな話ここでされても……
　とゆーわけで、みなさんごぶさたしています。スレイヤーズ特別編『アテッサの邂《かい》逅《こう》』をお送りしますっ！
L：特別編って……
　ナンバリングは十六だけど、そのへんどーなの？
作：まーもともとは、ファンタジア文庫＆ドラゴンマガジン三十周年記念、なおかつみなさんの長らくのご愛顧《あいこ》への感謝を込めて、ってことで、特別編としてのつもりだったんだけど……
この巻だけ読んでもたぶん意味がわかんないだろうし、時系列から考えても十六ってナンバリングするしかないなー、と。
L：たしかに同窓会感あふれまくる話だけど。
それでタイトルも『邂逅』なわけね。
作：あとは、おーえんし続けてくださったみなさんとスレイヤーズというお話の邂逅、との意味も込めてたりするけど。
L：じゃあ、このあとも続くかどうかは——？
作：まあぶっちゃけ、評判とか作者の気分とか調子とか面白いゲームの出る出ないとか気候とかによるっ！
L：ふわっふわわかっ⁉
作：おうよっ！　メレンゲがたっぷり入ったパンケーキのごとくにっ！
むしろ我が人生において、ふわっふわでなかった時など刹那《せつな》すら無いっ！
L：うわ！　おっさんの人生をパンケーキにたとえられるの、案外腹立つっ！
作：いや。そーは言うけど。

おっさんらしくってふわふわしたものって何かあるのかと。逆に。
L：……おっさんらしくて……ふわふわ……うーん……
作：あ！　手入れされてないセーターの毛玉とか！
L：らしいっちゃあらしいけどっ!?
……でも気候っていうのはわりと冗談《じようだん》抜きの話で、これ書いてた年は、三十五度超《ご》え連続するわ大型台風ガンガン来るわ。
作：いろいろあって散歩を義務づけられてるわけだが、この環境《かんきよう》下で外歩いたら死ぬわ、とゆー日が連打するのは本気で勘弁《かんべん》してもらいたい今日この頃《ごろ》。
L：あー。そーいや作者、電車でわざわざ地下街のある所まで行って散歩してたりするわねー。台風とかだと電車も止まるから無理だけど。
作：夜に散歩、っていうと、そのうち理由をつけてやらなくなりそうなんで、暑くならない昼前に散歩するんだが……
散歩が終わった時点で『ふぅ。今日もよく働いたなぁ』感が。
L：働いてないからっ！　それっ！　ちっともっ！
作：いやまあもちろんわかってるんだけど。
L：わかってるならきりきり働くっ！　目標は毎週一冊っ！

作：無理ゆーなっ！　筆の早い作家さんならそれくらいのペースで書いてそうだけどっ！
　こちとらもう磯○波平と同い年だぞっ⁉
L：何言ってんのよっ！
　波平さんも数十億規模の商談を一日一件ずつまとめてるわよ！　きっと！
作：やり手すぎるっ⁉　まあ世田谷に平屋一戸建て持ちだし、ほんとーにそれくらいやっ
　てるかもだけど……
L：ならやれ。
作：ぞんざいっ⁉
　……けどたしかに、いずれまたお会いできれば幸いです。あと気候がもう少し穏《おだ》やか
　だったらなお幸いです。
L：気候は……うん……月面より寒暖差が小さくてラッキー、と思うしか。
　ともあれみなさんもお体には気をつけて～♪　また会える日を楽しみに～♪

あとがき：おしまい

※本書はドラゴンマガジン2018年5～11月号に掲載《けいさい》したものに大幅《おおはば》加筆し、一冊にまとめたものです。

富士見ファンタジア文庫

スレイヤーズ16

アテッサの邂逅《かいこう》

平成30年10月20日　初版発行
平成30年11月 5 日　再版発行

著者——神坂《かんざか》　一《はじめ》

発行者——三坂泰二

発　行——株式会社KADOKAWA
〒102-8177
東京都千代田区富士見2-13-3
0570-002-301（ナビダイヤル）

印刷所——暁印刷

製本所——BBC

※定価はカバーに表示してあります。
KADOKAWA　カスタマーサポート
［電話］0570-002-301（土日祝日を除く 11時～13時、14時～17時）
［WEB］https://www.kadokawa.co.jp/（「お問い合わせ」へお進みください）
※製造不良品につきましては上記窓口にて承ります。
※記述・収録内容を超えるご質問にはお答えできない場合があります。
※サポートは日本国内に限らせていただきます。

ISBN978-4-04-072905-3 C0193

第32回
切り拓け！キミだけの王道
ファンタジア大賞
原稿募集中！
〈大賞〉300万円
〈金賞〉50万円
〈銀賞〉30万円
……アナタにしか書けない物語を待ってるわ！……
選考委員
葵せきな「ゲーマーズ！」
×
石踏一榮「ハイスクールD×D」
×
橘公司「デート・ア・ライブ」
×
ファンタジア文庫編集長
〈後期〉締め切り
2019年2月末日
応募の詳細は大賞WEBサイトをチェック！
https://www.fantasiataisho.com/
イラスト：みやま零